رواية

عذراء القصبة

د. جُمان الريحاني

إهداء

إهداء إلى القصبة وشوارع القصبة وروح القصبة

إلى الروح التي تسكن القصبة

إلى عذراوات القصبة وأميراتها في الحقيقة والخيال والأحلام

إهداء إلى كل البايات والدايات الذين كانوا هناك يوما ما

إلى كل من لديه قلب وحكاية

جمان الريحاني

كان يا ما كان في قديم الزمان، في ذلك العصر والأوان حدثت أحداث قد يعتبرها البعض عادية وقد يعتبرها من يمعن النظر غريبة.

في زمن الدايات والبايات، كان هناك في الجزائر قديما وفي منطقة القصبة بالذات، داي من دايات الجزائر والذي كان يسعى دوما للعدل في منطقته وبث القيم الحسنة والأخلاق الحميدة فكان دوما يسعى لأن يقتدي به الناس، وهذا ما جعله يريد أن يكون قريبا من الناس من أجل أن يدرس حالهم عن قرب، وأن يعرف تفاصيل

حياتهم دون أن يتعرض هو للخداع من طرف من يخدمونه.

فهو يعرف بأن من في خدمته قد يزورون الحقائق من أجل بعض الرشاوي التي يحصلون عليها من الناس، وهذا ما جعل الباي حسين يجد الحل المناسب للتقرب من الناس، كان الحل في نزول بنفسه إلى شوارع المدينة من أجل السهر على راحة الشعب بنفسه، فكان يتنكر ويلبس من لباس الخدم وينزل إلى المدينة يمشي فيها بمفرده ويتكلم مع الناس، ويرى ما يعانون معه، ويتفحص أحوالهم عن قرب.

وهذا ما تعود الباي حسين فعله كل يوم تقريبا إلا إذا كان لديه أعمال في القصر فإنه لا يزور شوارع المدينة،

وفي يوم من الأيام، وبينما كان يتجول كعادته وهو ينزل أحد الشوارع التي بها سلالم عريضة والأبواب منتشرة على جانبي السلالم، وجد شيخا يجلس على الجانب الأيسر أمام أحد الأبواب وكان يضع أمامه سينية صغيرة بها إبريقا من الشاي، وكوبين من الزجاج، وبين يديه عود

يقوم بشد أوتاره ويصلحه، ألقى الباي حسين السلام على الشيخ قائلا:

صباح الخير عليك يا سيدي

الحاج عبد المالك: صباح الخير .. أهلا بني .. تفضل

الباي حسين:

شكرا زاد الله فضلك يا سيدي ، ولكن ما هذا؟ هل هذا شاي؟

الحاج عبد المالك:

أجل .. وقد قلت لك تفضل يا بني .

الباي حسين:

شكرا يا سدي مرة أخرى ، وهذا كرسي لي وهناك كوبان هذا جيد .. وكأنك تعلم بأن رجلا سوف يعبر من هذا الطريق صباحا وسوف يشتهي كوب شاي على نغمات العود.

جلس الباي حسين على ذلك المقعد الخشبي الصغير وصب الشاي الذي كان ساخنا له وللشيخ .

الحاج عبد المالك:

لا تقل شكرا أبدا ، وكيف لا اعرف بان رجلا سوف يمر من هنا يلقي التحية في هذا الصباح الجميل وقد اخبرني العصفورة ليلة البارحة بذلك، كما أن هناك من ينتظرك غيري. ونادني عمي الحاج عبد المالك

الباي حسين:

لم أفهم هل حقا هناك من ينتظرني؟ ولكن من هو؟ وهل يعرفني حقا؟

الحاج عبد المالك:

لا تتعجل يا بني فكل شيء بأوان ..

وبينما كان الباي يحتسي الشاي كان الشيخ قد أنهى تصليح العود، وقد أخبر الباي بأنه يصلح الآلات الموسيقية.

سأل الشيخ الباي عن اسمه فاخبره الباي بأن اسمه عبد الله خوفا من أن ينتشر الخبر بأنه الباي حسين.

فرد عليه الحاج عبد المالك:

كلنا عباد الله يا بني .

بعد أن أصلح الشيخ العود أراد تجربته وراح بغني:

يا قلبي كيف أنت متيم

كيف أنت في الحب متيم

تعلقتَ بحبال الهـــوى

فتلك الريم ق أسرتك في الهوى

أحببتَ غزالا من خلخاله

فقد دق قلبك مع رنة خلخاله

لا تدري من كانت هي ولا

تدري أين تقطن هي في قلبك ها هنا

رمتك بخيالها الظريف في الحب

فكنت أسيرا الغرام سجينا في الحب لها

أعجب الباي بالقصيدة واللحن كثيرا، وأثرت فيه الكلمات فأثنى على الشيخ، وقد كان يستمع بإمعان ويسرح بخياله مع الكلمات.

ولكنه سمع رنة خلخال حقا مع قول الشيخ كلمة خلخال، فطلب من الشيخ أن يعيد أغنيته وعند وصول الشيخ لنفس الكلمة "خلخال" سمع الباي هذه المرة أيضا رنة الخلخال، ولكن الصوت هذه المرة كان أقوى وكأن صاحبة الخلخال أصبحت أقرب، ثم أشار للشيخ إشارة أن يعيد الأغنية ويعيد مرة بعد مرة فكان كلما أعاد الشيخ الأغنية ومع كل

مرة ينطق كلمة خلخال يقترب الصوت ويصبح أقرب وأكثر وضوحا.

كان الباي ينظر هنا وهناك يبحث عن صاحبة الخلخال لم يكن يرى شيئا في البداية ثم رأى خيال فتاة إنها فتاة تمشي في الطرف الآخر من السلالم أسرع ولحق بها، فكانت تمشي دون أن تلتفت إنها فتاة طويلة القامة.

فتاة رفيعة تلبس فستانا تقليديا جزائريا مكون من قطعتين القطعة السفلية عبارة عن سروال الشلقة المشقوق من الجانبين، وترتدي فوقهما حايك المرمة الحايك أبيض لبني وهو قطعة قماش مزينة بالحرير على الجانبين تلتف بها الفتاة أو السيدة فوق ملابسها لكي تستر نفسها وتغطي زينتها وثيابها.

وكانت تضع على رأسها شالا من الحرير يظهر تحته القليل من الشعر الناعم، وتلبس في رجليها خلخالا من فضة وحذاء مفتوح، مزين بالعقاش لونه بيج، وتضع على نصف وجهها من الأسفل قطعة قماش شفافة يقال لها العجار باللون الأبيض لكي تخفي جمال وجهها عن الرجال فلا تفتنهم.

وعندما وصلت تلك الفتاة الفاتنة إلى أحد البيوت والأبواب التفتت للباي حسين لأنها كانت تعرف بأن هناك أحد يمشي خلفها، التفتت إليه ونزعت الستار عن وجهها وابتسمت ثم دخلت إلى ذلك البيت بالذات.

أعجب الباي حسين كثيرا بتلك الفتاة الجميلة صاحبة الملامح الفاتنة والوجه المنير البشوش والابتسامة الخلابة، شفاه دامية وثغر باسم وأسنان كعقد من اللؤلؤ، وشعر ناعم ينزل على العينين الواسعة العسلية، والرمش طويل وكثيف، والجسم منحوت والطول مفتول .

ذلك الجمال سلب الباي لبه وقلبه وعيونه، فقرر أن يلحق بها، وعندما وصل إلى الباب دق عليه وأنتظر قليلا، ثم دق الباب مجددا ولكن لا أحد يجيب، وفجأة لحق به أحد الحراس الذين لم يكونوا بعيدا عنه كثيرا، وأخبره بأن هناك نداء من القصر وأن عليه العودة حالا.

لم يجد الباي سبيلا إلا العودة إلى القصر من أجل ذلك الأمر الطارئ، لكنه قرر أن يرجع إلى هنا في يوم آخر .

في تلك الليلة وعندما خلد الباي حسين إلى فراشه أخذه
التفكير العميق في تلك الحورية بعرفها الطويل وخدها
الناعم وثغرها الباسم، لقد سيطرت على كل أفكاره،

يمتلك الباي من الجواري الكثيرات في قصره، ورغم انه
يبلغ من العمر أكثر من أربعين سنة ولكنه لم يسبق له
الزواج فقد كان يتأنى في موضوع الارتباط لأنه يريد
امرأة تحمل معه مسؤولياته، وتساعده وتعينه وتمده بالقوة
من أجل مواصلة عمله.

ولكن الباي حسين لم يكن يعتقد أبدا بأنه قد يحب فتاة ما، فلم يسبق له وأن أحب أية امرأة ولو كانت جارية من جواريه حتى، وليس له أبناء لحد الآن.

كان الباي حسين وحيدا في فراشه تلك الليلة بل وطلب من المسئولة عن الجواري أن لا ترسل له أية جارية حتى يطلب منها هو شخصيا كما أمرهم بعدم إزعاجه.

لم يكن الباي في تلك الليلة يفكر إلا في تلك العذراء التي سلبت كيانه، وقد أصبح يناديها بالعذراء لأنه لقب العذراء يطلق على الجميلات من الفتيات وهو لقب جميل، كما أن الباي يظن بأنها فتاة وليست متزوجة وهذا ما استنتجه من هيئتها.

لم يذق الباي حسين طعم النوم تلك الليلة، لم يغمض له جفن وكل تفكيره كان حول تلك العذراء التي امتلكت قلبه وعقله، كان يفكر:

من هي؟ ما هو اسمها؟ ومع من تعيش؟

بل وفكر إلى أبعد من ذلك.. كان يقول في نفسه :

هذه أول مرة تشد فيها عذرا إليا، وقد ابتسمت لي، وهذا يعني أنني أعجبتها، وقد أعجبت بي دون أن تدري أنني باي ولي من القصور والخدم والحشم ما ليس لغيري.

توقفت والتفتت وكشفت عن وجها وابتسمت.

هل يعقل ذلك؟ هل يعقل أن يكون قد أصاب قلبها الحب مثلما أصاب قلبي؟ ولكن كيف لها أن تحبني؟

لقد كنت في هيئة لا تليق بباي ، بلباس الخدم بالسروال العربي العريض وبالبرنس الأبيض واللحية الطويلة، هل يعقل أن تكون حقا قد أعجبت بي؟

أم انه الحب من النظرة الأولى وكنا أحببتها أنا.

أظن أنه القدر، أظن أنه الحب.

يجب أن أكتشف كل المعلومات الهامة عنها، أظن أنني أحببتها جدا كما أظن بأنني أرغب بالزواج بها.

نعم هذه أول مرة أفكر بالزواج، وهذه هي الفتاة المناسبة لي، إنها الزوجة المناسبة لي.

كما أنني أميل لها وأحبها، لقد عشقتها من رنة خلخالها.

مع أول خيوط الفجر قام الباي حسين من فراشه وتوضأ وبعد أن أكمل صلاته رفع يديه إلى السماء وراح يدعو الله بان يجعل أموره سهلة وبأن يرزقه العذرا صاحبة الخلخال زوجة له.

لبس الباي حسين ملابس الخدم كما كان يفعل دائما، وقرر الخروج باكرا من أجل أن يسأل عن الفتاة إن كانت غير مرتبطة.

كما أنه قرر أن يمر على بيت الحاج عبد المالك ليحكي له ما حدث وعن الفتاة التي رآها لما كان الحاج عبد المالك يعزف على العود ويغني، وأراد أن يخبره بأنه سمع رنة خلخالها لما كان الحاج عبد المالك يغني مقطعا فيه كلمة خلخال.

قرر الباي حسين الزواج من تلك الفتاة وأراد أن يرافقه الحاج عبد المالك إلى بيت العذرا صاحبة الخلخال لأن بيتها ليس بعيدا كثيرا عن بيت الحاج عبد المالك.

خرج الباي من قصره مع حراسه المتنكرين في ثياب
العامة وعندما وصل إلى الشارع بالسلالم الذي وجد فيه
الحاج عبد المالك ، افترق مع حراسه وواصل الطريق
لوحده، ولكنه عندما وصل إلى الباب الذي كان الحاج عبد
المالك يجلس أمامه لم يجد أحدا هناك.

دق على الباب الخشبي بيده فخرج له طفل صغير ابن
الأربع أو الخمس السنوات جميل يلبس سروالا مدورا
وقميصا وجيلي ويضع على رأسه طربوشا يزيد من
جماله، فسأله الباي وقال :

صباح الخير يا ولدي، أين هو الحاج عبد المالك؟

الطفل نسيم: (حفيد الحاج عبد المالك)

جدي؟

الباي حسين:

نعم جدك يا بني أين هو؟ أخبره بأن عبد الله ينتظره ..

الطفل نسيم:

ولكن جدي قد مات.

الباي حسين:

مات؟ متى توفي؟

دخل الطفل من دون أن يجيب الرجل وراح ينادي أبي أبي، هناك رجل يبحث عن جدي..

خرج له رجل وسأله:

مرحبا سيد أنا سفيان ابن الحاج عبد المالك..

هل أنت تبحث عن والدي حقا؟ هل تقصد والدي؟ ومن أنت؟

الباي حسين:

أنا عبد الله وأنا صديق والدك، ونعم أنا أبحث عنه أليس والدك هو من يصلح الآلات الموسيقية، لقد شربت معه الشاي بالأمس وقد كان يصلح عودا وأظنه قد أصلحه.

سفيان ابن الشيخ عبد المالك:

تفضل يا عمي وادخل إلى صالة الضيوف واشرب شيئا ثم نتكلم، هل كنت مسافرا أظن بان الأمور قد اختلطت عليك قليلا .. تفضل بالدخول.

نادى سفيان ابنه نسيم وطلب منه أن يحضر قهوة لعمه عبد الله وأخبر والدتك أن تجهز الأمانة التي أوصانا بها جدك.

دخل الباي حسين وهو لا يفهم ما قاله له سفيان ولكنه كان حقا يشعر ببعض التوتر والتعب من كلام الطفل الصغير وابن الحاج عبد المالك فظن بأن الحاج نائم في فراش المرض، لذا قرر الدخول من أجل أن يطمئن عليه.

وبعد أن شرب الماء جاء الطفل وهو يحمل سينية تكاد تكون أثقل من يديه الصغيرتين، ولكن والدته كانت تحملها له حتى وصل إلى باب صالة الضيوف فأخذها منه والده عند الباب.

كانت السينية مليئة بأنواع الحلويات وإبريق القهوة وسكرية فيها قطع سكر .

ملأ سفيان فنجان القوة بالقهوة الساخنة وسأل الضيف(الباي حسين) وقال:

كم قطعة سكر يا عمي عبد الله؟

الباي حسين:

اثنتان من فضلك .. ولكن أين هو والدك لدي أمر هام أريد أن اكلمه به؟

سفيان:

اشرب القهوة يا عمي ، ثم سوف احضر لك أمانتك أنا أعرف الموضوع الذي تريد أن تكلم والدي به فقد أوصانا عليك قبل أن يتوفى رحمه الله.

الباي حسين: (وهو يضع الفنجان من يده التي ترتجف من هول الصدمة والمفاجأة)

ماذا؟ هل توفي والدك حقا؟

عظم الله أجركم .. لم أكن أظن أن ما قاله ابنك الصغير صحيحا، ولكن متى وماذا حدث؟

سفيان:

لا .. لا داعي للاستغراب .. لقد حدث ذلك منذ زمن طويل، لقد توفي والدي منذ حوالي الخمس سنوات، وقد توفي أمام الباب أين كان يقوم بإصلاح الآلات دائما.

الباي حسين:

ماذا تقصد بأنه توفي قبل خمس سنوات .. بالأمس فقط كنت أجلس معه أمام الباب وقد كان يصلح عودا ويغني وكان يبدو بصحة جيدة، لقد شربت معه الشاي وكان هناك كوبان ومقعد خشبي وقد قال بأنه ينتظرني ليشرب معي الشاي.

سفيان:

أرجوك اهدأ يا عمي.. كلنا نحس بأنه قد غادرنا فقط بالأمس، كما انه فعلا توفي أمام الباب وقد كان يصلح عودا.

في تلك الأثناء لم يكن سفيان قد أكمل حديثه حتى دقت عليه زوجته الحائط الذي كانت وراءه ليخرج إليها فأعطته عودا ملفوفا بقطعة قماش، أخذها ثم عاد ليكمل حديثه مع الباي حسين وقال:

تفضل يا عمي عبد الله هذه الأمانة تركها لك جدي قبل أن يتوفى.

الباي حسين:

ولكن كيف ؟ لا يعقل هذا أنت مخطئ بلا شك.

سفيان:

لا أبدا أنا لست مخطئا ، لقد كان جدي يصلح هذا العود قبل وفاته بلحظات ، وفعلا كان يجلس كل يوم أمام الباب ويخرج معه مقعدا خشبيا وسينية بها إبريق شاي وكوبان، وكان يقول: أنا أنتظر عبد الله ، انه صديقي الذي سوف يأتي ويشرب معي كوب شاي وهذا العود هو له، لقد اشتريته وأصلحته وهو هدية مني له بمناسبة هو يعرفها.

لم يكن الباي حسين يريد أن يأخذ العود لولا إصرار سفيان عليه وعندما أخذه ونزع عنه القماش تفاجأ بما هو

مكتوب على العود .. لقد كانت مكتوبة عليه القصيدة التي كان يغنيها الحاج عبد المالك.

لم يتمالك نفسه وتساقط بعض الدموع من عينيه وهو متأثر جدا.. أخذ العود وغادر عائدا إلى قصره.

كان الباي حسين متضايقا كثيرا في ذلك المساء ولا يشعر بحال جيدة حتى أنه أجّل البحث عن العذرا إلى يوم الغد.

في الليل وبعد أن غادر الخدم وبقي الباي في جناحه لوحده، أخذ العود تفحصه قليلا وقرأ القصيدة ثم بدأ يعزف عليه ويدندن تلك القصيدة وما إن وصل إلى بيت الخلخال وما إن نطق كلمة الخلخال حتى سمع رنة خلخال وكأنها العذرا وكما حدث في اليوم السابق، كان يسكت ثم يعيد الكرة ولكن الصوت لا يصبح اقرب بل كأنه بعيد جدا .. ولكنه كلما توقف عن العزف توقفت رنة الخلخال .. وهكذا لعدة مرات حدث نفس الشيء ..

وضع الباي العود من يده ووقف أمام النافذة وراح ينظر للشوارع بعيدا وكأن المدينة خالية من الناس والأرض مبللة فقد كانت ليلة ماطرة بمطر خفيف، كان ينظر بلهفة وكأنه يبحث عن حبيبته العذرا صاحبة رنة الخلخال.

تأمل الباي المدينة كثيرا وهو سارح بخياله هناك في شوارع المدينة، ثم عاد إلى سريره وعندما أخذ العود وقعت منه قصاصة ورقة صغيرة، أخذها الباي وفتحها فقد كانت مطوية، ومكتوب على ظهرها إلى صديقي عبد الله، وعندما فتحها وجد مكتوب عليها ما يلي:

صديقي العزيز عبد الله من صديقك عبد المالك وهو أحد عباد الله أيضا.

صديقي:

لقد كنت سعيدا بالجلوس معك حقا فقد انتظرتك كثيرا ولكن ليس مهما الانتظار بقدر ما هو مجيئك كان مهما بالنسبة لي ولمن كان ينتظرك معي أيضا.

صديقي كنت سعيدا بأن شربت معك كوب الشاي ..

لو تعلم المدة التي انتظرتها لك .. لقد كانت طويلة .. ولكن المهم أنني أتممت رسالتي ..

صديقي أتمنى أن تكون قد أعجبك هديتي كما أعجبتك القصيدة حين كتبتها لك ولحنتها من أجلك ..

تشبث بحلمك ولا تيأس واتبع رنة الخلخال ..

لا تصدق كل ما تسمعه ولا كل ما تراه ..

اتبع إحساسك وما يقوله لك قلبك ..

وكلما شعرت بالحيرة اعزف على العود وغني القصيدة
التي ألهمتني أنت إياها أن كتبتها لك ..

دمت سلطانا وصاحب قلب كبير..

صديقك الحاج عبد المالك.

لقد كانت الورقة ملتصقة داخل العود ولكنه عندما حركه
ليرى وقعت منه، وخرج الشريط اللاصق إلى خارج
العود هو أيضا.

في هذه اللحظة تأكد الباي حسين بأن من كان يقصده
سفيان هو نفسه وبأنه حقا هو صاحب العود، فهو هدية
من الحاج عبد المالك رغم أنهما لم يلتقيا أبدا سابقا ..

فقد كان لقاؤهما شبيها بالحلم والواقع يؤكد بأنه لم يكن
لقاء عاديا ولكن لذلك اللقاء تبعات فقد وجد العود ورسالة
من الحاج عبد المالك .. كان الباي يفكر كثيرا بكل ما

حدث لدرجة انه خلد للنوم في وقت متأخر، واستغرق في النوم فلم يصحو باكرا.

عاد الباي حسين ليتابع نشاطاته السياسية فقد زاره للبلاد والى قصره بعض السفراء من الدول المجاورة وبعض الرسل من المدن القريبة منه، وهذا ما جعله يعاني من ضغط العمل لمدة أربع أيام متواصلة.

في اليوم الأخير من الاجتماعات كانت هناك حفلة لتوديع السفراء والرسل، فكانت الحفلة في قصر الباي الخاص بالضيافة، كانت الحفلة مليئة بالطعام وأنغام الموسيقى وبعض الجواري اللاتي يرقصن، لم يكن الباي مركزا جدا مع كل الكلام والحفلة والموجودين.

ولكن كان هناك شيء ما شد انتباهه، لقد سمع رنة خلخال تشبه إلى حد كبير رنة خلخال العذرا حبيبته وقد كان صوت الخلخال واضحا جدا وكأن باقي أصوات ضحك الضيوف والغناء والموسيقى ليس مسموعا بالنسبة إليه، بل هو صوت الخلخال الذي كان متأكدا بأنه لا يصدر على أي خلخال من الجواري فكلما ركز مع رجل كل جارية ووجد أن الصوت ليس من هناك.

خرج الباي من قاعة الرقص وهو يتبع صوت الخلخال الذي يصبح واضحا أحيانا، ويصبح غير واضح في أحيان أخرى، وكلما أغمض عينيه تذكر حبيبته العذرا وهي تمشي في شارع القصبة، هناك حيث بيت الحاج عبد المالك.

صعد الباي إلى أعلى القصر حيث السطح فكان يرى أنوار المدينة، و الناس نيام، والمدينة هادئة، لا يوجد إلا صوت خافت للموسيقى والحفلة التي هي بالطابق السفلي..

وكانت هناك بعيدا في عمق المدينة صوت رنة الخلخال .. سأل الباي:

هل هي حقا حبيبته العذرا تبكي هناك وهو يسمعها، هل هي تمشي على سطح بيتها ؟ أو ما الذي تفعله؟ تساءل هل هي ترقص في هذا الوقت من الليل وهذا غير معقول؟

تساءل عما تفعله حبيبته وكيف له أن يسمعها؟ وكان قلبه ينبض بقوة وسرعة وشدة وضع يده على قلبه وهو فوق السطح وراح يسمع نبضات قلبه تتزايد مع صوت رنة خلخال العذرا حبيبته، ثم مرت عليه لمحة في خياله إنها

صورة طيفية لوجه حبيبته العذراء وما أجملها وتلك الابتسامة الشفافة والبريئة.

كان هناك حزن شديد يملأ قلب الباي ولم يكن يعلم مصدر ذلك الحزن ..

في اليوم الموالي عزم الباي حسين على أن يذهب إلى بيت حبيبته وان يطلب يدها للزواج، ولكنه أراد أن يكتشف المكان والبيت أولا وقبل أن يخبرهم بأنه الباي نفسه.

أخذ الباي معه الكثير من الهدايا وذهب إلى بيت الحاج عبد المالك وأخذ الهدايا إلى ابنه سفيان لأنه في المرة السابقة ذهب إليهم وكانت يديه فارغة، فأراد أن يجاملهم ويرد جميل الوالد ويقابل الهدية والكرم بهدية مماثلة، فقد دخل بيتهم وأكرموه وهم لا يعرفونه حق المعرفة.

تنكر الباي في ثياب العامة كعادته وكان يرتدي البرنس فوق ثيابه ولكنه حاول التأنق قليلا هذه المرة من دون أية مبالغة، وأخذ معه حارسين من حراس القصر من أجل أن يقوموا بحمل الهدايا لسفيان وعائلته الصغيرة، وقد أرسل شخصا قبله من أجل أن يبلغ سفيان بقدومه.

لقد فرح سفيان وعائلته بالعم عبد الله كثيرا، فسفيان يعتبره من رائحة والده الحاج عبد المالك كما أن والده قد كلمه عن السيد عبد الله كثيرا، وقد كان يحبه ومن يسمع كلام الحاج عبد المالك عن الباي حسين يعتقد حقا أنه كان صديقه بل وصديقه المقرب أيضا.

استقبل سفيان السيد عبد الله استقبالا حارا، وجلس معه في صالة الضيافة وقد جهز الضيافة قبل وصول السيد عبد الله من شاي وحلويات تقليدية "مسمن" "بغرير" "مقروط" "دزيريات" ... وغيرها

أخذهما الحديث قليلا وتجاذبا أطراف الحديث، ثم استأذن السيد عبد الله من سفيان وغادر بعد أن أخبره بان لديه أمرا هاما في هذه المنطقة يجب عليه عمله قبل أن يسافر من جديد.

خرج السيد عبد الله وهو سعيد بزيارته لسفيان، وتوجه إلي أعلى الشارع وهو يصعد السلالم الممتدة على عرض الزقاق، يتبع الخطوات التي تبعها سابقا حين كان يتبع العذرا حبيبته حتى وصل إلى باب البيت الذي دخلته حبيبته.

طرق الباب وطرق .. طرق الباب كثيرا ولكن لا أحد يجيب، وبعد قليل خرجت فتاة تبلغ من العمر حوالي الأربعة عشر سنة ولكن من باب البيت الذي بجانب بيت حبيبته، وقالت:لا احد بالبت يا عماه.

الباي حسين:

من يسكن هنا يا بنيتي ؟

البنت: (وقد كانت والدتها وراء الباب تلقنها ما يجب قوله) ولكن أنت عمن تبحث ؟

الباي حسين:

أنا أبحث عن صاحب البيت يا بنيتي

البنت:

لقد أخبرتك بأنه لا أحد بالبيت

الباي حسين:

ألا يوجد أحد هنا ولكن أين هو صاحب البيت، أو متى سيعود؟

البنت:

لا اعرف .. بلى انه يعود بعد صلاة المغرب فهو يصلي في الجامع أسفل الشارع .وهو يعمل في سوق المدينة، إنه شيخ كبير وقد كان يعمل بناء.

ولكن من أنت؟

الباي حسين:

أنا مجرد عابر سبيل يا بنيتي، لدي سؤال أخير أني عائلته؟ أليس له ابنة .

البنت:

لا .. لا .. ثم سحبتها والدتها وأغلقت الباب.

لم يفهم الباي حسين شيئا من تصرف والدة البنت ولما عبرت عن انزعاجها فجأة فقد كان يقوم بطرح أسئلة عادية ولم يكن هناك داع للغضب.

نزل الباي حسين وهو متضايق من أنها المرة الثانية التي يطرق بها الباب ولا يجيبه أحد.

لم يكن يعرف حتى اسم الشيخ والد العذرا حبيبته لكي يسأل عنه في سوق المدينة أو في المسجد.

لم يكن الباي حسين يريد أن يشغل سفيان معه مع أنه يحتاج للمساعدة لكنه قرر الذهاب والعودة في يوم آخر وقرر أن يكون في الغد ولكن صباحا باكرا وقبل أن يخرج الشيخ والد العذرا حبيبته من البيت لكي يجده في بيته.

في اليوم التالي فعل الباي حسين ما فكر به وجاء صباحا وقد كان الشارع هادئا والناس في وقت الاستيقاظ ولم تدب الحركة في المدينة بعد، أخذ يمشي في الشارع صعودا ونزولا حتى رأى أحد الجيران يخرج من بيته فتشجع وتقدم من الباب وطرقه عليه.

لم يكن هناك أي رد، ولأنه يعرف بأن صاحب البيت شيخ طاعن في السن، قرر أن يدق الباب بهدوء وروية وأن ينتظر، وأن لا يتعجل في الذهاب أو استنتاج بان لا احد بالبيت.

وبعد بعض الطرقات المتباعدة وبعض الوقت مرّ عليه شخص سأله :من تريد يا سيد؟

الباي حسين:

أهلا صباح الخير ، أنا أريد صاحب البيت .

الرجل :

أنه شيخ خرف وإنه لا يستقبل أحدا بالعادة، إذا فتح لك سوف يسخط عليه ويصرخ.

الباي حسين:

ولكني أحتاجه في أمر هام .

الرجل :

مهما كان الأمر إنه شيخ مجنون.

الباي حسين:

سمع الباي حسين رنة خلخال خلف الباب فترای له بأنها حبيبته العذراء، فأصر على طرق الباب، وشكر ذلك الرجل

بعد قليل خرج الشيخ صاحب البيت وهو يصرح:

من بالباب ؟ لماذا كل هذا الإزعاج؟

وعندما خرج راح يسأل قائلا:ولكن من أنت وماذا تريد؟

الباي حسين:

صباح الخير يا عمي يا أنا .... لم يكمل كلامه حتى قاطعه الشيخ وقال :

من أنت وماذا تريد؟ لماذا كنت تطرق الباب هكذا؟ هل كنت تطرق لكي تقول صباح الخير .. الناس حقا غريبون، هيا ابتعد .. هيا ..

الباي حسين:

لا فهمتني خطأ يا عمي.. أنا أريدك في أمر هام، هل تسمح لي بالدخول؟

الشيخ :

الدخول (وضح ضحكة سخرية) طبعا لا من أنت لكي تدخل بيتي.. ثم إن رجلا لا يطأ هذا البيت أبدا وأيا كان هذا البيت لا يدخله رجل ..

الباي حسين:

لا تفهمني خطأ ...الشيخ لست أفهمك ولا أريد أن أفهمك .. هيا ابتعد وانصرف منها .. هل أنت مجنون؟

الباي حسين:

حسنا يا عمي لا تكن سريع الغضب.. هيا لنذهب إلى مكان آخر.. رافقني لأنني أريد أن أكلمك في موضوع هام.

هل نذهب إلى المقهى أسفل الشارع أو إلى المسجد إذا أردت .. اختر أنت المكان إذا أردت ..ما يهمني هو أنني أريد أن أفاتحك بالموضوع الهام يا عمي رجاء.

الشيخ:

لا ولن أرافقك إلى أي مكان .. قل ما لديك هنا إن أردت ثم انصرف ..

الباي حسين:

حسنا .. حسنا ..عمي أنا أريد أن اطلب منك يد ابنتك .. اطلب ابنتك للزواج وأنا ....

الشيخ : (قاطعه وهو غاضب ومنفعل وقبل أن يخبره بأنه الباي)، هيا أغرب من هنا .. أنا لا بنات لي .. لقد عرفت انك مجنون ..

الباي حسين:

ولكن لقد رأيتها ..

الشيخ:

رأيتها .. أين؟ ومتى ؟

الباي حسين:

نعم لقد رأيتها قبل بضعة أيام وكانت تمشي في الشارع وقد دخلت إلى هذا البيت ..

الشيخ :

اذهب أنت مجنون ولا تعد إلى هنا، لقد أخبرتك بأنه لا بنات لي.

دخل الشيخ بيته، وأغلق الباب بكل قوته، في وجه الباي الذي صدم بتصرفات الشيخ واستقباله له وطريقة كلامه وسوء معاملته، ولكنه كان متأكدا بأن العذرا حبيبته كانت بالداخل لأنه سمع رنة خلخالها.

تراجع بعض خطوات إلى الوراء، وبينما هو ينزل الشارع ويمشي على تلك السلالم وكأن أمله قد خاب .. عاد أدراجه والضيق يملأه لأنه لا يعرف ماذا يفعل فوالد الفتاة قاس وصعب.

بينما هو يفكر بكل ما حصل سمع أحدا يناديه، ويقول: يا أخ .. يا أخ انتظر أريد أن أكلمك قليلا ..

التفت الباي حسين وكان البرنس يرهقه لأنه لا يرتديه بالعادة كثيرا، ولأنها مناسبة سعيدة كان متأنقا ولكن بشكل العامة، ملابس نظيفة وبرنس جميل من أجل الهيبة والمظهر المحترم، فوجد رجلا يمشي وراءه يناديه وأشّر له بيده لكي ينتظره،، فتوقف وقد أصبح بعيدا عن بيت حبيبته.

عندما وصل إليه الرجل دار بينهما حوار كان كما يلي:

الباي حسين:

هل تقصدني أنا؟

الرجل:

نعم يا سيدي، لقد رأيتك تدق باب الشيخ عامر وكان يصرخ عاليا.

الباي حسين:

نعم كنت أطرق بابه ولكنه لم يستقبلني جيدا.

الرجل:

اعلم لقد سمعت بعض كلامه، ولكن إذا سمحت لي بالسؤال، لماذا كنت تسأله عن ابنته؟

الباي حسين:

ابنته هل تقصد أنه حقا لديه ابنة لقد كنت متأكدا من ذلك.

الرجل:

نعم إنه رجل صعب المراس ولا أحد يحبه هنا في الحي أو يكلمه .. إنه شيخ يحب الخصوصية، ولا يحب أن يتدخل في شؤونه أي أحد.

الباي حسين:

وماذا عن عائلته وابنته؟

الرجل:

توفيت زوجته منذ أكثر من عشرين سنة، ولم يتزوج بعدها لأنه لم يكن يعاملها جيدا، وكل أهل الحي كانوا يعرفون بأنه لم يكن يعاملها جديدا لذا لم يحظى بزوجة أخرى بعد وفاتها، لا الرجل لم يكذب عندما أخبرك أنه

ليس لديه بنات .. فهو كل حياته لم يرزق بأولاد، وأما بالنسبة للفتاة التي رأيتها فهي ابنة زوجته، هل حقا رأيتها يا سيد؟

الباي حسين:

نعم لقد رأيتها قبل عدة أيام كانت تصعد الشارع وقد أعجبت بها فتبعتها حتى دخلت إلى ذلك البيت فأتيت اليوم من أجل أن اطلب يدها للزواج، ولكن والد عذرا أقصد زوج والدتها لم يحسن استقبالي.

الرجل :

هل يمكنك أن تصفها لي قد تكون أخطأت.

الباي حسين:

نعم ولكن لماذا كل هذه الأسئلة.

الرجل:

لأنها قد لا تكون ابنة زوجة الشيخ ، أنا أشك في ذلك.

الباي حسين:

اخبرني بما تفكر به أولا ثم أخبرك بمواصفاتها.

الرجل :

اسمع أريد أن أقول لك شيئا غريبا، وقد لا تستطيع تصديق ذلك مثلما لا استطيع أن أصدق ما قلته عن أنك رأيت ابنة زوجة الشيخ.

الباي حسين:

أخبرني .. هيا أخبرني أصبحت أشعر بالفضول.

الرجل:

لقد أخبرتك بأن زوجة الشيخ قد توفي قبل حوالي العشرون عاما ومنذ ذلك الحين لم يرى ابنتها أحد أبدا.

الباي حسين:

ماذا تقصد بكلامك.. كيف لم يرها أي أحد.

الرجل :

نعم كما أخبرتك، الشيخ كان يقول بأنها هربت بعد وفاة والدتها وقد كانت صغيرة السن لم تكن قد تجاوزت السادسة عشر، أظن أنه كان عمرها في ذلك الوقت خمسة عشر سنة وقد كانت جميلة جدا وكانت حلم كل شباب الحي.

لقد كانت لها مواصفات فريدة .. أنا شخصيا مازلت أذكر .. اسمع لن أخبرك المزيد حتى تخبرني بمواصفات تلك الفتاة التي رأيتها أنت قبل أيام تدخل بيته، لأنه أمر غريب فالشيخ لا يسمح لأي شخص أيا كان بأن يدخل بيته، رجلا كان أو امرأة منذ عشرون عاما، ولم تطأ قدم أي شخص ذلك البيت فهو يعيش وحده والأمر لا يزعجه .. اسمع هناك المزيد استطيع إخبارك به ولكن بعد أن تخبرني بمواصفات الفتاة التي رأيتها ..

الباي حسين:

حسا سأخبرك لأنني أريد أن أعرف المزيد عن الموضوع وكل ما تعرفه، فالفتاة أمرها يهمني كثيرا.. وان كانت هناك أنا لازلت أريد الزواج بها.

الرجل:

نعم هناك المزيد ولكن الأمر مخيف قليلا، غريب كثيرا.

الباي حسين:

حسنا اسمع الفتاة طويلة رفيعة جميلة جدا تلبس لباسا أبيضا ويتخلله بعض اللون البيج، تضع حايكا فوق ملابسها لونه أبيض وعليه بعض التطريز البيج وتضع عجارا على وجهها، بشرتها بيضاء، عيونها عسلية، شعرها بني فاتح ناعم ويسقط على عيونها.

وتضع منديلا على شعرها مطرزا باللون الأصفر فيه خيوط حرير صفراء.

ولا أتذكر أي شيء أخر مميز، ولكنها كانت جميلة ولا يظهر عليها إنها ابنة الخامسة عشر بل أكبر من ذلك.

الرجل:

اسمع أريد أن أخبرك عن العذرا نعم ابنة زوجة الشيخ كان اسما العذرا، وهي كانت فائقة الجمال كما كنت

تصفها وأكثر، أنا أتذكرها لحد اليوم وقد تزوجت مرتين ولكنها كانت حلمي أنا وكل الشباب، هي لم تكن تظهر بأنها ابنة الخامسة عشر أو السادسة عشر بل كانت تبدو أكبر لأنها قد نضجت بسرعة.

وأنا لحد اليوم استطيع أن اسمع رنة خلخالها لأنها كانت تلبس خلخالا في رجلها وكان لرنته وقع على الأذن وكأنها تعزف الموسيقى بمشيتها.

الباي حسين:

نعم لقد رأيت الخلخال وهو أو ما جذبني فقد سمعته ثم رأيتها.

الرجل:

إن خلخال العذرا ساحر ويسحر بل هناك من يظن أنه يسمعه في بعض الليالي الممطرة، اسمع نحن نظن أن زوج والدتها يمكن أن يكون قد قتلها ولكنا أبلغنا الشرطة وبحثوا عنها في البيت ولم يجدوها وظن الجميع أنه قد يكون أغلق عليها الباب وحبسها في الداخل، ولم تجدها الشرطة عندما أبلغ عن اختفاءها الجيران.

كما أننا كنا نسمع في الأيام الأولى التي تلت وفاة والدتها البكاء في البيت، فكان يظن الجميع أنها تبكي على والدتها ثم أصبح البكاء أقوى وكأنه صراخ ونحيب، فظن الجيران أنه يحبسها أو يعذبها وهذا ما جعلهم يبلغون عنه الشرطة.

حاولت زيارتها بعض النساء فمنعهم ثم أخبرنا بأنها فرت.. نحن لحد اليوم لا نعرف حقيقة الأمر.. هناك من يظن أنها ماتت وهناك من يقول أنها مازالت حية.

الباي حسين:

فعلا إنها قصة غريبة .. ولكن أظن أنني رأيتها حقا، هل مازالت هناك صفات تذكرها عنها.

الرجل:

اسمع أنا اعرفها جيدا لقد كانت تلعب معي حين كنا أطفالا صغارا، إنها أقل مني بحوالي السنة وأنا عمري اليوم خمسة وثلاثون سنة، أظن أنها لو كانت حية ترزق لكانت في عمر الأربعة والثلاثون أو أقل بقليل أو أكثر بقليل.

ما أذكره جيدا ولا يمكنني أن أنساه، هو أنها كانت لديها شامة أمام أذنها اليمنى، ودائما كانت ترتدي أقراطا لؤلئية إنها على شكل ثلاث لؤلؤات فوق بعضها البعض الأعلى أكبر حجما ثم الأصغر فالأصغر.

وتضع في يدها اسوارة بها بعض الأشكال، الاسوارة من الفضة وهي عبارة عن حلقات متداخلة مع بعضها البعض، ويتدلى منها بعض الأشكال، بعض الأهلة وتدلى منها لؤلؤات صغيرة جدا، أظن أنها كانت تحب اللؤلؤ.

بعد كل ذلك الكلام الذي دار بين الباي حسين والرجل على طول الطريق وجد نفسه أمام المسجد فدخل توضأ وصلى ركعتين ورفع يده إلى السماء وطلب من الله أن يرشده إلى الحقيقة وطلب في دعائه أن تكون حبيبته العذرا حية وأن يستطيع الزواج بها .

لقد أحب الباي حسين العذرا حقا، وأحبها كثيرا لدرجة أنه لا يريد أن يصدق أي احتمال قد يسلبها منه.

كان الباي حسين مرهقا من كل ما سمعه ولكنه لم يستطع النوم أيضا تلك الليلة، تقلب على فراشه وتقلب، ولم

يستطع النوم، كانت غرفته مظلمة ولا يضيؤها إلا ما يدخل من النافذة من نور القمر.

ثم صفق بيديه فدخل الخادم الذي يقف خلف الباب، طلب منه أن ينادي كبيرة الخدم وان يقوموا بإعداد بعض الطعام له وان تحضره إليه، وطلب منه أن يخبرها أن لا تنسى المقروظ فهو يحبه كثيرا والمقروظ هو حلوى تقليدية وتكون العجينة محشوة بالتمر واللوز وتغطس الحلوى بعد نضجها في العسل حتى تتشربه ثم تزين ببعض الفستق المطحون.

قام الباي ووقف أمام النافذة وكانت الأرض مبللة قليلا فقط فقد تساقطت بعض قطرات المطر الخفيف على الأرض، وانبعثت رائحة الأرض الممزوجة مع قطرات الأمطار،

دخل الخادم بعد أن عرف بأن الباي قد استيقظ وراح يشعل الشموع لكي ينير الغرفة، كان الباي يلبس ثوبا النوم العريض الأبيض ويقف ويتأمل المدينة من النافذة ويفكر ويمعن في التفكير.

بعد قليل أخذ الباي العود الذي يضعه غير بعيد من السرير وبدأ يعزف ويدندن وما إن نطق كلمة خلخال حتى سمع خلخال العذرا حبيبته فلم يصدق، نهض من مكانه وتوجه إلى النافذة لكي يرى هناك المكان الذي يصدر منه الصوت، فتوقف صوت الخلخال.. في هذه اللحظة عرف الباي بان العود له ارتباط قوي بحبيبته، كما أن للقصيدة ارتباطا وثيقا مع الخلخال ورنته وظهور حبيبته.

في تلك اللحظة وعندما أدرك الموضوع وبما هو متصل ومرتبط، نادى على إحدى الجواري والتي تعرف العزف على العود بطريقة جيدة، عندما جاءت الجارية عزف لها المقطوعة لكي تحفظ اللحن، ثم أمرها أن تعزف معه على عود آخر أحضرته معها، فعزفا سوية حتى حفظت اللحن ثم أمرها أن تعزف لوحدها وقد أجادت ذلك.

بعد ذلك لقنها القصيدة و أعطاها العود الذي أهداه إياه الحاج عبد المالك، فبدأت العزف، وما إن بدأت الغناء، حتى سمع الباي رنة الخلخال، فذهب ووقف أمام النافذة كما فعل سابقا، وكان يتأمل المدينة وشوارعها على صوت العود وغناء الجارية.

كان أحيانا يجعل الجارية تتوقف عن العزف والغناء، فيسكت الخلخال وإذا واصلت سمع رنة الخلخال.

كان الباي يسبح بأفكاره بين حيرة وتوتر، وبين سعادة بالسر الذي يجعل العذرا تظهر كل مرة وترن خلخالها، فعندما وصلت إليه سينية الطعام كانت شهيته مفتوحة للطعام من سعادته، لأنه يحمل إحساسا في قلبه بأنه سوف يجد حبيبته، فتناول طعامه بشهية وكان سعيدا بالمقروظ كثيرا، والشاي بالنعناع على أنغام العود وغناء الجارية.

بعد ذلك صرف الباي الجارية وهو سعيد بما اكتشفه من معلومات هامة، وأسرار عن حبيبته رغم انه لا يعرف بعد أن كانت حية ترزق أو أن زوج والدتها قد قام بقتلها، أو أي أمر مماثل، كان الباي حسين شبه متأكد بان حبيبته لم تهرب، بل هي لازالت في ذلك الحي ولكن لا يعرف أين بالضبط أو لماذا تظهر بهذه الطريقة.

كان الباي مصرا على إيجاد حبيبته، وان كانت في خطر فانه يريد أن ينقذ حياتها، وأيضا يريد أن يتزوج بها، فهي فتاة أحلامه وقد أصبح يراها في أحلام النوم كثيرا.

في اليوم الموالي، ذهب الباي إلى بيت سفيان، وطلب منه المساعدة في البحث عن العذرا حبيبته، وأخبره بكل القصة وبأنه يريد أن يتزوجها، كان سفيان يعرف القليل فقط عن تلك القصة لأن بيت الشيخ يبعد قليلا عن بيته، ولكنه سمع بعض الكلام عن هذا الموضوع وهو صغير، أما بالنسبة للأصوات فقد سمع من بعض الجيران والرجال في المسجد بعض الكلام عن هذا الآمر، هناك من كان يعتبرها أصوات أشباح ولكن كل هذا الكلام قد كان منذ زمن بعيد.

سأل سفيان الباي حسين.

وقال:

عمي ماذا تريدني أن افعل بالضبط، وأنا مستعد لمساعدتك في بحثك هذا، وأتمنى أن يكون النجاح حليفنا.

(سفيان يبلغ من العمر حوالي السابعة والعشرون عاما، وقد كان أصغر أبناء الحاج عبد المالك، لذا كان ينادي الباي حسين عمي عبد الله، لأن الباي أكبر منه بكثير، وهذا أيضا من باب الاحترام.)

الباي حسين:

بارك الله فيك يا سفيان، لقد علمت بأنك سوف تساعدني كما فعل والدك من قبل، أنت حقا ابن صالح لرجل صالح رحم الله الحاج عبد المالك..

سفيان:

رحم الله والدي وكل أموات المسلمين .. شكرا يا عماه.

الباي حسين:

اسمع ما أريدك أن تساعدني به هو كما يلي:

- أولا:

أريد أن أعرف أية معلومة تعرفها أو سمعت بها عن الموضوع، بخلاف ما أخبرتك به أو يمكنك البحث والسؤال علك تجد شيئا لا نعرفه.

- ثانيا:

هل تعرف كيف تعزف على العود.

سفيان:

سوف أفعل كل ما طلبته مني، وان تذكرت أي شيء أو سمعته من أي أحد سوف أخبرك به، حتى من زوجتي أو والدتي، أما بالنسبة للعود فأجل أنا أعزف على العود جيدا وأيضا أجيد تصليح الآلات الموسيقية، فقد علمني والدي ذلك فانا ابنه الوحيد، كما أخواتي البنات فهن أيضا يعزفن على العود.

كان الباي حسين قد اكتشف أن العذرا ترن خلخالها عند العزف، وغناء القصيدة، وخاصة عند ذكر البيت الذي به كلمة الخلخال، فقرر أن يحضر معه العود في المرة

القادمة، ويعلم سفيان تلك القصيدة وأن يعزف له سفيان وهو يتبع حبيبته.

وهذا ما فعله بالضبط، فقد أتي صباحا وأحضر معه العود، كما أخبر سفيان بأنه يقيم عند صديق له خارج القصبة، ولكنه سوف يبحث عن بيت هنا، وفي هذا الشارع بالذات من أجل تأجيره أو شراءه ليسكن فيه.

عرض سفيان على الباي المبيت وقضاء لياليه عنده حتى يحقق مراده، ولكن الباي رفض وتشكره على كرمه وحسن ضيافته.

طلب الباي حسين أو كما يلقبه سفيان العم عبد الله من سفيان أن يخرج مقعدين خشبيين، وسينية صغيرة فيها إبريق الشاي وكوبين، كما حدث يوم كان جالسا مع الحاج عبد المالك أمام الباب ..

وعندما جلسا هناك أخذ الباي حسين يعزف على العود ويدندن القصيدة بينما كان سفيان يضع الشاي في الكوبين، ولكن الغريب أن لا شيء حدث، وأعاد المقطوعة وأعادها مرة ومرتين ولكن لا شيء يحدث أبدا..

لم يفهم الباي ما قد حصل، ولما لم يكن هناك أي شيء يحدث .. عزف وعزف لساعة كاملة، ولم يحدث أي شيء أبدا .. تعب الباي من العزف وقد أتى إليه أحد حراس القصر ليخبره بأنهم يطلبون حضوره إلى القصر لكنه صرفه ولم يستمع إليه.

طلب الباي حسين من سفيان أن يعزف هو فقد حفظ اللحن سماعا، ويمكنه أن يعزف بكل سهوله لأنه يجيد العزف على العود خاصة، عزف سفيان بينما كان الباي يرتاح ويتناول كوبا من الشاي، وقد أحضر وسيم أبن سفيان إبريق شاي جديدا وساخنا، إتكأ الباي حسين على الحائط، وكان يبدو عليه وكأنه مهزوم، ويحمل حملا ثقيلا على ظهره.

كان الباي مشوشا، ولا يعرف سبب ما حدث، ولما اختفى كل شيء، وكأن حلمه قد تبخر في السماء، حاول سفيان وعزف، ولم يكن يكذب بكلام الباي عن ظهور العذرا مع الغناء، ولكنه كان يتأمل كثيرا بأن يحقق صديقه، وصديق والده من قبله حلمه وأن يتزوج بالفتاة التي يريد، والتي يحلم بها وان كانت مختفية منذ سنوات عديدة.

كانت الساعة حوالي الرابعة عصرا، سمع الباي آذان العصر فطلب من سفيان أن يدخل المقاعد والسينية وأن يترافقا إلى المسجد من أجل الصلاة، وقد كان يفكر في العودة إلى القصر بعد ذلك، وأن يعيد الكرة في اليوم الموالي .

بينما كان سفيان يقوم بإدخال الأغراض هو وابنه الصغير، رأى الباي حسين شخصا قادما من بعيد، قادم من الجهة العليا من الشارع .. وقد راح ذلك الشخص يقترب ويقترب، حتى تأكد منه أنه الشيخ حَسان زوج والدة العذرا حبيبته، على ما يبدو أن الشيخ ليس في حالة جيدة، ويبدو أنه كان في بيته، وهو متوجه إلى المسجد من أجل صلاة العصر هذا ما تبادر إلى ذهن الباي.

لم يقم الشيخ بإلقاء السلام وحين ألقى عليه الباي التحية لم يردها حتى، وواصل طريقه، فكر الباي بفكرة في تلك اللحظة، وعندما خرج سفيان من بيته أخبره الباي بما حصل، وأخبره بما يفكر، وهما في طريقهما إلى المسجد والشيخ يمشي أمامهما، ولكن بمسافة لا تؤهله من سماعهما، فقال الباي حسين:

هل ترى الشيخ أمامنا إنه لا يبدو بحالة جيدة أظن أنه متوعك أو مريض.

سفيان:

أول مرة أراه يتوجه إلى المسجد، من عادته أن يكون في السوق ولا يعود إلا مع المغرب إلى بيته.

الباي حسين:

هل تظن أنه هذا هو السبب لعدم ظهور العذرا.

سفيان:

لا أعلم حقيقة.

الباي حسين:

أظن أنها خافت لوجوده في البيت، يجب أن نتأكد من مكانه في المرة القادمة، وأنا متأكد من نجاحنا إذا قمنا بها في الوقت المناسب.

سفيان:

إذن بعد الصلاة أنا اتبع الشيخ، وأرى إلى أين يذهب.

الباي حسين:

اتفقنا.

بعد صلاة العصر، لم يخرج الشيخ من المسجد على الفور بل انتظر إلى أن أكمل الإمام كلامه مع بعض الرجال، ثم توجه إليه وأخبره بأنه مريض وطلب منه أن يقرأ عليه بعض الآيات القرآنية، قرأ الإمام على كأس من الماء بعض الآيات القرآنية وأعطى الكأس للشيخ وطلب منه أن يشربها.

استغرب الباي من هدوء الشيخ، وتصرفه بتلك الطريقة المختلفة مع الإمام، بعد وقت قصير، خرج الشيخ ولم يكن في المسجد الكثير من الناس بعد الصلاة إلا مجموعة من الشباب يقومون بقراءة القرآن، وسفيان والباي تظاهرا بأنهما مشغولان بنقاش ما، وعندما خرج الشيخ لحق به سفيان لوحده وبقي الباي في المسجد.

تبع سفيان الشيخ الذي كان متوجها إلى السوق، حيث دخل إلى مقهى هناك، وجد بعض الرجال كبار السن فجلس معهم، وهمّ باللعب معهم لعبة تشبه الشطرنج ولكنها لعبة تقليدية في تلك المنطقة بالذات.

عاد سفيان مسرعا إلى المسجد حيث وجد الباي خارجه، فأخبره بأن الشيخ لن يعود إلا بعد وقت طويل، فاللعب يستمر لساعات وهم متعودون على ذلك.

فقررا أن يعيدا الكرّة اليوم وأن تكون تجربة، فقد يتحقق الباي من نظريته وأن عدم حدوث شيء له علاقة بكون الشيخ كان في البيت.

عندما وصلا إلى البيت أخرج سفيان المقاعد والعود ثم طلب منه الباي أن يعزف تلك المقطوعة وراح يغني معه، وهكذا حدث ما كان متوقعا، وما لم يظن أنه سيحدث لقد كان أمرا عجيبا، وفي نفس الوقت إنه الأمر الذي كان الباي متشوقا إليه كثيرا بالفعل لقد رن خلخال العذرا التفت الباي هنا، وهناك، للبحث عنها وكان كلما غنى أصبح الصوت أقرب، وأكثر وضوحا، حتى ظهرت العذرا حبيبته، إنها هناك تمشي بكل حياء وحشمة وتحمل معها قفة فيها بعض الخضار.

لم يكن سفيان يرى شيئا، لكن الباي كان يراها بكل وضوح، ويشير لسفيان لكي يواصل الغناء والعزف من أجل أن يتبَعها، حاول الباي حسين أن ينتبه لكل التفاصيل

التي أخبره عنها الرجل سابقا، وعندما وصلت العذرا إلى باب بيتها التفت إليه، وابتسمت ثم أشاحت العجار عن وجهها بيدها اليسرى فرأى تلك الإسوارة التي لم ينتبه لها في المرة السابقة، لأنه لم يكن ينتبه لمثل هذه التفاصيل.

كانت ابتسامة العذرا جذابة جدا وذلك الثغر كالفراولة وأسنان اللؤلؤ كأنه قمر كشف عن نوره، كانت ابتسامتها تسلبه فؤاده كلما رآها، وعندما أمد نظره إلى أقراطها وجدها سلسلة من ثلاث لؤلؤات، وهناك كانت الشامة قرب الأذن، لقد تأكد الباي حسين من أن فتاة أحلامه هي العذرا الفتاة ذاتها التي أخبره الرجل بأنها اختفت منذ ما يقارب العشرين عاما.

لم يكن الباي يعير كل هذه الأمور أي اهتمام، وكان همه الوحيد كيف يكلمها أو ما سرها؟

دخلت العذرا، لحق بها الباي حتى أصبح أمام الباب مباشرة، فكان يسمع رنة خلخالها وراء الباب وكأنها داخل البيت فعلا، بل وسمع أيضا ضحكتها وكأنها تمرح داخل البيت إما مع أحد أو لوحدها لأنه سمع صوتها هي فقط.

مرّ شخص من ذلك المكان،

فسأل الباي وقال:

هل تبحث عن الشيخ؟

الباي حسين:

هل هو في البيت ؟

الرجل :

لا أظن ذلك عادة في هذا الوقت يكون في السوق.

الباي حسين:

ولكن لو سمحت من يعيش معه؟

الرجل:

لا أحد منذ زمن طويل وهو يعيش لوحده.

الباي حسين:

ولكني سمعت بعض الحركة داخل البيت.

الرجل:

لا يمكن ذلك فهو لا يستقبل أي أحد وليس له أقارب.

الباي حسين:

هل سبق ودخلت بيته، أنا أريد أن اشتري بيتا مثله

الرجل :

لا .. لم أدخل بيته قط، ولكن بيتي يشبهه، ولا أظن هناك منازل في هذا الشارع للبيع، إنها منازل متوارثة، ولا أحد يبيع تقريبا.

الباي حسين:

شكرا لك على كل معلوماتك.

الرجل:

لا داعي للشكر أخي.

عاد الباي حسين إلى سفيان الذي كان ينتظره وأخبره أنه لحق بها والتفت له ثم دخلت ولكن سفيان أخبره بأنه لم يرها وهذا يعني بأن الباي وحده هو من يراها.

فهل هي شبح؟ أم روح؟ ..

أصبحت الأمور أكثر جدية وأوضح بقليل، قرر الباي هذه المرة أن يكون أكثر صرامة، أن يبحث عن حقيقة الأمر، في تلك الساعة، ولم يمر إلا قليل حتى وصل من قصر الباي العديد من الحراس، وأحضروا الشيخ من السوق ودخلوا إلى بيته وفتشوه غرفة، غرفة.

لقد كان البيت كبيرا جدا، ومن طابقين وفيه من الغرف سبع غرف في الطابق السفلي وغرفة صالون للضيافة، وغرفة المطبخ، وفناء وهو ساحة بلا سقف وهناك السلالم والطابق العلوي فيه ستة غرف وسطح ليس كبيرا جدا.

دخل الباي وسفيان معهم والشيخ الذي كان ينظر للباي بطريقة سيئة، لأنه اعتبر أنه هو صاحب البلاغ ضده عند الشرطة، ولكن الباي كان متنكرا ولم يكن ينطق بالكثير فقط يشير بعينيه، أو يومئ برأسه.

أخبر الباي سفيان بأن لديه بعض الأصدقاء في قصر الباي، وقد أخبر صديقه بأنه يبحث عن فتاة ضائعة، لأنه لم يكن يريد أن يكشف غطاءه.

تفاجأ الجميع بما حدث فالحراس لم يجدوا شيئا، كان بعض الجيران متجمعين أمام الباب، لكي يعرفوا ما الذي يحدث، وقد ذكرهم الحراس وتفتيش بيت الشيخ بما حدث قبل عشرين عاما، حين أبلغ الجيران عن صوت صراخ العذرا بعد وفاة والدتها، اعتقادا منهم أن زوج والدتها يعذبها، أو يحبسها داخل البيت، في تلك الأيام الماضية لم تجد الشرطة شيئا أيضا.

مشى الباي في ساحة الغرف، وهو ينظر وكأنه يحاول أن يحفظ تفاصيل البيت، كما انه كان يغمض عينيه أحيانا، محاولة منه التركيز من أجل أن يسمع صوت الخلخال، ولكن لم يكن له أي اثر، فبوجود الشيخ يختفي صوت الخلخال.

خرج الجميع، وأغلق الشيخ بابه على نفسه، ورجع الباي إلى قصره، وهو يفكر ويمعن التفكير من أجل أن يكتشف الحقيقة، وفي الليل وبعد أن أكمل اجتماعاته عاد إلى

غرفته وكان يجلس ليفكر، دعا إلى غرفته أحد الوزراء لمشاورته واخذ رأيه بحكمة.

عندما سمع وزيره بالقصة أشار على الباي حسين، بأن يدعو حكيم القصر فلديه من الحكماء ما يؤهله لحل هذه القضية.

كان رأي الحكيم بأن الفتاة تبادل الباي نفس الشعور والإحساس حتى وان كانت روحا، وبأن الحاج عبد المالك حين قال له بأن هناك من ينتظرك غيري كان يقصد الفتاة التي هي في حاجة ليد تكون أقوى من يد الشيخ زوج والدتها لتحريرها.

وأخبره أيضا بأن الحاج عبد المالك رجل طيب، وروحه طاهرة، لذا تمكن الباي من رؤيته، كما أن الحاج عبد المالك هو أيضا رأى الباي قبل موته لذا ترك له تلك الرسالة، كما أخبره الحكيم أيضا بأن العود ليس للحاج عبد المالك بل هو للعذرا بحد ذاتها، وقد كان يعرفها الحاج عبد المالك معرفة شخصية ويحبها كحبه لبناته، وقد فجعه ما أصابها وأصاب والدتها من قبلها.

وكان رأي الحكيم أيضا بأن الحاج عبد المالك، كان يحس بأن الفتاة مازالت حية وموجودة، وكان يتمنى أن تظهر قبل موته، كما أنه هو من ألّف لها القصيدة وألّفها لك أنت أيضا يا سيّدي، فهي هدية لكما أنتما الاثنان وتلك القصيدة هدفها أن تجمعكما.

العذرا وفي آخر يوم لها وقبل اختفاءها، ذهبت إلى الشيخ عبد المالك وأعطته العود من أجل أن يصلحه لها، وقد كانت تحب ذاك العود كثيرا، وتعزف عليه طوال الوقت حين يكون زوج والدتها ليس موجودا في البيت، فقد كانت تخافه كثيرا.

فخوفها منه، هو سبب عدم ظهورها حاليا، حين يكون موجودا بالقرب، .. في الشارع أو في البيت.

كان التفسير من الحكيم مفيدا جدا، لكن الباي حسين لم يكن يريد فقط التفسيرات والتحليل، بل كان يبحث عن حل لهذه القضية، ويريد أن يجتمع بالعذرا حبيبته.

كان الباي قد قرر في تلك الليلة بالذات أنه لن يستسلم وبأنه سوف يكتشف السر، ويجد حبيبته مهما كان الثمن ومهما كلفه ذلك.

لقد كان حب الباي للعذرا قويا وحقيقيا، كان يملك قلبه وروحه وكيانه وكل حياته، الباي كان مصرا على أن يجد حبيبته ومهما كانت الطريقة لإيجادها.

فكّر كثيرا لتحقيق ذلك فكّر كيف يفعل ذلك، كان يفكر ويفكر ولا ينام الليل، فهو لم يعرف بعد، كيف يجدها ولا أين هي.

فكّر كثيرا الباي ولكنّه قرر في الأخير بأن يأمر القاضي بأن يستدعي الشيخ حَسّان ذاته وأن يستجوبه وأن يسأله عن مكان ابنة زوجته الراحلة، حدث الأمر كما أراد الباي بالضبط. وبحضور الباي الذي كان مختبئ وراء ستارة، لكي يسمع كلام الشيخ حَسّان بنفسه.

أنكر الشيخ كل الاتهامات الموجهة إليه، بضرب الفتاة أو التسبب في اختفاءها، ولم يكن جوابه إلا أنها حزنت على وفاة والدتها فهربت من البيت، وبما أنه لا أقارب لها فهو لم يكن يعرف أين يجب عليه أن يسأل عنها لذا نسي أمرها وواصل حياته.

رغم كل الضّغط الذي مارسه القاضي وبعض الوزراء على الشيخ حَسّان إلّا أنّه كان مصر على كلامه ومرتكز

على ما قاله أول مرة، معتمدا على أنّه لا شهود ضده وهو صاحب الكلمة الأولى والأخيرة في الموضوع.

بعد خروج الشيخ حَسّان جلس الباي مع القاضي ووزرائه يتباحثون الأمر فكان رأي الجميع وبإجماع بأن الشيخ حَسّان لا يقول الحقيقة، وبأنه يخبئ أمرا ما، فمن لهجته وطريقة كلامه ورعشة جسده يظهر بأنه يكذب، ولا يقول الحقيقة.

كان الباي يعرف بأن الشيخ يخبئ أمرا ما، كما أنّه لم يكن يحبه ولا يثق به، لقد كان الباي مقتنعا بأن حبيبته تنتظره وهي تحتاجه، وكان يثق بحبه وبحبيبته.

عانى الباي من الأرق وقلة النوم، وفي اليوم التالي وصله وفد من تركيا، وقد بقي ذلك الوفد لمدة أربعة أيام في ضيافة الباي، لم يكن الباي يحتاج ضيفا في تلك الفترة

التي يعتبرها صعبة وحرجة، ولكنه كان مرغما على استقبالهم وإكرامهم ووجوب ضيافتهم، كما أنّه كان لديه أمر لكي يتم نقاشه.

أخذ الباي ضيوفه في رحلة حول المدينة، وقاموا بزيارة قصر الباي الذي في أعلى الجبل لكي يتمتعوا بالمناظر الطبيعية ولرؤية بعض الأماكن الأثرية.

كان الوفد في زيارة عمل متفق عليها سابقا، ولكن الباي من نسي الأمر لكثرة التفكير في أمر حبيبته التي يشغله أمرها، ويملؤه بالحيرة.

انشغل الباي كثيرا مع ضيوفه، فلم يكن يجد وقتا لي شيء آخر، في اليوم الذي غادر فيه الوفد كان الباي منهكا، متعبا، وحين بدأت الشمس بالمغيب وهو يجلس على السطح في غرفة ذات إطلالة غربية، لها شرفة كبيرة، يمكنه في ذلك المكان، أن يرى الشمس وهي تتلون وتحمر خجلا، تميل للون البنفسجي الذي يجعل العالم عالم أحلام، وخيال يخبؤه الليل بين ثناياه.

كان الباي يتكئ على الفراش وينظر إلى الأفق البعيد، ويتأمل السماء ويتنفس بعمق، هنا وهو يتناول بعض

العنب والفواكه الأخرى، وحين أمسك درّاقة في يده، لم يلحظ الفرق بينها وبين قرص الشمس المحمّر في السّماءّ والتي تشبه بدورها خدود حبيبته العذرا، التي رمقته بنظرة وابتسمت له ذات يوم.

حين تذكر حبيبته التي لم يكن قد نسيها، بل انشغل عنها ببعض الأعمال لمدة أيام، فقرر بأن يرجع للبحث في الموضوع، وبأنه سوف يزور سفيان غدا لكي يبحث معه، وأن يظل وراء الأمر حتى يعرف كل التفاصيل، والى أن يعثر على حبيبته.

كان الباي ينظر إلى السماء وعينيه كلها حزن، وألم ودموع، واشتياق، ودعاء، وأمل.

أغمض عينيه الباي، وما إن أغمضهما حتى سمع خلخال حبيبته، وكأنها هنا في نفس المكان معه، أو كأنها تصعد السلالم لكي تصبح برفقته.

غفى الباي ولكنه مازال يسمع خلال حبيبته العذرا لقد جاءت فعلا، لكي تصبح برفقته وحين جلست بقربه جاء الشيخ حَسّان ووضع عليها كيسا أسود اللون، كان الباي في حلمه هذا مشلول الحركة، يريد أن يقوم بتحرير

حبيبته، ولكنه لم يكن يماثل الشيخ حَسان في القوة ولا تكافؤ بينهما، رغم أنه في الحقيقة العكس، فأين هو الشيخ حَسّان من الباي؟

لا وجود للمقارنة بينهما.

كان الشيخ حَسّان ينظر إلى الباي بنظرة مليئة بالسخرية والاستهزاء، ثم وفي نفس المكان بالقرب من الباي بطرف عينيه حتى انتبه الباي إلى ما وجه إليه الشيخ نظره دون أن يقصد.

رفع الباي بلاطة من الأرض من تلك النقطة التي ساوره الشك فيها، ورمى كيسا أسود اللون صغير الحجم يشبه الكيس الذي وضع به العذرا قبل قليل، ووضع البلاطة فوقه، ثم خرج وترك الباي لوحده في ذلك المكان.

عندما استيقظ الباي كان قلبه مقبوضا ولا يشعر بالراحة، وكأنه يحس بأن حبيبته ليست على ما يرام.

حين انتصف النهار، قام الباي بارتداء ملابسه التي يتنكر بها في العادة، وخرج باتجاه بيت سفيان، فوجد الشارع مليء بالناس، وكان صف الناس ممتد إلى بيت العذرا.

وحين سأل شخصا من الذين يقفون هناك، أخبره بأن الشيخ حَسّان قد توفي فهو شيخ طاعن في السن، وقد لاحظ جيرانه والناس الذين يعرفونه في السوق، بأنه غائب منذ حوالي ثلاثة أيام، لذا جاؤوا إلى بيته بحثا عنه.

وبما أنه يعيش لوحده فقد أخذ جاره تصريحا من الشرطة بأن يقفز على سطح بيته، ليرى ما حدث له فوجدوه ميت منذ يومين.

فجع الباي بالخبر ولم يكن يتوقع وفاة الشيخ حَسان، وخاف من أن يكون أمله في إيجاد حبيبته قد تبخر واختفى، خاف من أن يكون الشيخ حَسّان قد أخذ العذرا معه إلى القبر.

قام جيران الشيخ حَسان بتشييع جنازته ودفنه في ذلك اليوم، وكان الباي برفقتهم وكذلك سفيان، كان الباي قلقا ومتوترا جدا.

لم يكن حزنه على وفاة الشيخ حَسّان بل لاختفاء الرابط الوحيد الذي كان بينه وبين العذرا، نعم لقد كان يعتبر الشيخ حَسّان رابط بينه وبين العذرا لأنه القريب الوحيد لها.

في المساء قام بعض الجيران بفتح صوان في بيت الشيخ حَسّان ووقفوا هناك لتلقي العزاء فيه، فبالرغم من أنه كان شخصا منكمشا، وسيئة المعاملة إلا أنهم كانوا يعتبرون بأن له حق عليهم، حق الجيرة والعشرة، وحق الخبز والملح.

قام جاره الشيخ رضا بإقامة عشاء للمعزين ترحما على الشيخ حَسّان، وقد كان الباي قابع في مكانه هناك، في بيت الشيخ حَسّان لا يريد أن يخرج ولا أن يبارح مكانه، يشعر بان هذا هو المكان الذي يجب أن يكون فيه لا في قصره.

قرر الباي أن يبيت هناك وقد كان بعض الجيران قد قرروا ذلك أيضا، فقام الشباب بعمل حلقة وقرؤوا القرآن طوال الليل، على روح الشيخ الذي لم يدر عن وفاته أحد لمدة يومين.

لم يتناول الباي أي طعام ولا حتى شرب الماء، قام سفيان بدعوته إلى بيته لكنه لم يرض، لذا قرر سفيان أن يبيت معه هو الآخر، وفي عمق الليل ذهب سفيان إلى بيته واحضر طعاما وشرابا، وحاول إقناع الباي بأن يتناول أي شيء فهو طوال اليوم بدون طعام.

لم يكن يصدّق الباي بأن ما حدث قد حدث، هل يعقل أن يكون كل شيء قد انتهى؟ .. هل يعقل بأن تكون العذرا حلم واختفى؟

هل يعقل أن يكون الأمل قد رافق الموتى؟ .. أيعقل أن يكون الأمل قد مات ولن يصحو؟

هل الناس يعزون في الشيخ أم أن الباي هو من في حبه يُعزّى؟

كان الباي في تفكير بين مد وجزر، وفي حيرة بين ذنب ووزر.

لم ينم ليله وأصبح الأرق في الليل رفيقه، وفي ساعة من ساعات نام الجميع حتى أولئك الشباب، الذين كانوا يقرؤون القرآن، وسفيان كذلك، فأصبح البيت هادئا ولا، لا توجد أية حركة في البيت، إلا الباي الذي كان لا يستطيع البقاء في أي مكان، فكان يصعد إلى السطح، ثم ينزل إلى ساحة البيت، يدخل الغرف غرفة غرفة، ويمشي بين الغرف والطوابق دون هدف أو غاية.

جلس الباي على السطح فكان يتأمل الكون، وقدرة الخالق على الخلق، ويدعو الله بأن يأتيه بالفرج، في تلك اللحظة وهو يرفع يديه للسماء بالدعاء سمع صوت العود، وكانت الألحان تعزف من مكان قريب في الليل الحالك، ولكن الصوت لا يزعج من هو نائم ولا يوقظ الناس وكأنه يسمعه لوحده.

نزل الباي مسرعا لكي يعثر على العازف والذي يعزف ألحان متيم الخلخال، لم يصدق الباي ذلك ولكنه لم يبال كثيرا بغرابة الأمر، بل كل ما كان يشغله هو من الذي

يعزف، وفجأة دخل غرفة صغيرة كان الصوت فيها أقوى وما إن وضع رجله اليمنى على عتبة الغرفة، حتى سمع صوت العذرا تغني وتدندن أغنية متيم الخلخال،

وكأنها في تلك الغرفة تجلس، يكاد من يسمع ذلك أن يقسم بأنها موجودة هناك في تلك اللحظة، فدق قلب الباي مع أول خطوة في الغرفة.

وما إن دخل الغرفة حتى سمع الخلخال فتهيأ له وكأن العذرا تجلس في تلك الغرفة، تحتضن العود بذراعيها وتضعه في حضنها وتثني رجلا وتمد الأخرى، وذلك السروال الأخضر الفستقي الفاتح الحريري يلمع مع أشعة الشمس التي تضرب عليه، وتدخل من النافذة الصغيرة، وكان الساعة هي بين التاسعة والعاشرة صباحا،

يبدو أن العذرا قد حرّكت رجلها لذا سمع الباي صوته، لقد كانت تلبس سروال الشلقة، وهو سروال تقليدي يبدي جمال المرأة، وتظهر منه رجليها فكانت ساق العذرا تلمع مع الشمس، وكأنها قمر يستمد نوره من أشعة الشمس، ويعكسها في عيون الناظرين غير مبال بالضرر الذي قد تسببه بجمال انعكاسه.

وتلبس قميصا قصيرا، وقصير الأكمام وضيّقا لونه وردي فاتح، وتضع على رأسها فولارا بيجا، تنزل منه بعض الخيوط الحريرية على جبين العذرا، مع خصل صغيرة من غرتها.ثم رفعت عينيها باتجاه الباي، وابتسمت ابتسامتها المعتادة، واحمّرت خدودها خجلا وتوقفت عن الغناء.

فجأة اختفى نور القمر، وأشعة الشمس، وعادت الظلمة ورجع الزمان إلى وقته الليلي الحقيقي، توقف العزف والغناء، وتلاشت كل تلك الرؤيا، ليجد الباي نفسه في تلك الغرفة الصغيرة وحيدا في مكان مظلم.

نعم لقد كانت رؤيا راودت الباي حسين الذي تمكن من رؤية العذرا، جالسة هناك في غرفتها تعزف على العود، وتنشد أغنيتهما الخاصة بهما "متيّم الحب".

بعد اختفاء تلك الرؤيا تجوّل الباي في الغرفة الصغيرة غرفة العذرا التي علم من الرؤيا أنها غرفتها، كانت الغرفة لا تزيد عن سبعة أقدام بالطول، والعرض حوالي ستة أو خمسة، لديها باب، وبجانبه نافذة عالية قليلا،

وعليها شباك حديدي، الغرفة تطل على ساحة البيت، غرفة صغيرة وجميلة.

في الغرفة فراش على الأرض، وصندوق خشبي قديم، وخزانة صغيرة، وتحت النافذة تسريحة عليها مرآة صغيرة بطول 25 سم، وعرض 20سم مزينة بزخرفة على الجوانب، ولها دعامة خشبية توضع عليها، ويوجد مشط، وبعض الزينة للشعر، وفولارات معلقة بجانب النافذة.

أخذ الباي فولارا أزرقا سماويا بين يديه، وحاول أن يستنشق رائحته ليشم رائحة العذرا فيه، فكان الفولار لازال يحتفظ برائحته الزكية، وهناك شعرة صفراء طويلة لاصقة به، إنها من شعر حبيبته العذرا.

أخذ الفولار معه، وأكمل جولته بالغرفة التي كان يتوسطها مدخل يؤدي إلى غرفة أخرى داخلية، وعلى المدخل المقوس ستائر خضراء، مزينة بأغصان صفراء، وورود صغيرة برتقالية اللون مجموعة على الجانب اليمين، دخل الباي من ذلك المدخل فوجد وراءه غرفة فسيحة واسعة كبيرة، ولكنها شبه خالية من الأثاث.

كان في الحائط الذي على يمينه نافذة كبيرة، تطل على ساحة البيت وبجانبها كرسي وصندوق حديدي كبير، وفي الركن هناك طاولة عليها بعض الأغراض فراش، ووسائد ومغطاة بلحاف، لكنه ليس معتدل تماما لذا يمكن رؤية ما تحته.

وعلى الحائط المقابل يوجد لوحة جميلة لسيدة كبيرة تعزف على العود، ومعها بعض الفتيات ملتفات حولها، من اللوحة يظهر أنهن يستمتعن بعزفها،أما الحائط الذي على اليسار فتغطيه بالكامل لوحة كبيرة بطوله وعرضه، إنها لوحة ولكنها مشغولة على قماش معلق على الجدار.

مرسوم في تلك اللوحة منظر طبيعي كبير، أشجار وغابات كبيرة خضراء وسماء صافية وزرقاء، ويظهر من بعيد تفاصيل مدينة هناك خلفها بحر على أقصى الشمال.

ما إن أكمل الباي جولته بالنظر في تلك الغرفة حتى فاجأه سفيان الذي كان يبحث عنه، لأن الجميع استيقظوا وكانوا ينتظرونه لكي يتناولوا طعام الإفطار.

اكتفى الباي بتلك الجولة ورافق سفيان لكي ينظموا إلى الجميع، لقد كان الباي حسين لا يزال مجهولا لدى الناس هناك، فكانوا يعاملونه كأنه شخص عادي ومن عامة الشعب، ولكنهم يحترمونه ويحبونه لأنه صديق سفيان، ولأنه شخص طيب ويعاملهم معاملة حسنة.

بعد ذلك قرر الجميع أن يذهب كل منهم إلى بيته، لأنه عليهم مسؤوليات تجاه عائلاتهم، ولكنهم اتفقوا على أن يبقى أحدهم في بيت الشيخ حَسّان، لأنهم سوف يستقبلون التعازي لمدة ثلاثة أيام متواصلة.

فتطوع الباي حسين بالبقاء مدعيا بأنه يسكن بعيدا، وهو مسافر وليس لديه مسؤوليات تمنعه من تأدية الواجب.

بقي الباي مع سفيان لوحدهما في بيت المرحوم الشيخ
حَسّان وتفرق الجميع.

كان الباي يجلس في ساحة البيت ويتبادل أطراف الحديث
مع سفيان، راح الاثنان يتكلمان عن المرحوم، وعما فعله
في حياته، وكيف أنه ذهب دون أن يكشف سر العذرا
وسر اختفائها، دون أن يترك أيه معلومة عن مكان
تواجدها، كان سفيان يتردد في كلمة أراد أن يقولها للباي،
لكن الباي لاحظ ذلك وأرغمه على ما لديه وقال:

أشعر وكأنك تريد أن تقول شيئا يا سفيان، فهل تعلم ما لا
أعلم؟

سفيان:

لا والله إنها مجرد أفكار تدور في رأسي

الباي حسين:

قل ما لديك يا سفيان، فأنا أشعر بأن لديك أمرا تخفيه
عني، وقد يكون خطيرا، أنت تعلم أنني أبحث عن أي
شيء، ولو كان بسيطا بالنسبة لك، ولكنه قد يساعدني في
العثور على العذرا.

هيا أخبرني

وبعد تردد قال سفيان:

إنها مجرد فكرة فلا تغضب من كلامي

الباي حسين:

قل ما لديك هيّا ولا تجعلني أقلق.

سفيان:

ماذا لو كانت العذرا غير موجودة.

الباي حسين:

وهو يضحك باستغراب، غير موجودة ولكن ما الذي تعنيه؟

فالجميع يعرفها، وكذلك والدك رحمه الله، والجيران وكل الناس.

سفيان:

لست أقصد ما فهمته، ما أقصده هو ماذا لو أنها ماتت مثلا؟ أو هربت حقا، أو قتلها زوج والدتها، فأنا أعرف الشيخ حَسّان، لقد كان شخصا متسلطا وعنيفا ومتحكما ومتجبرا، ويغضب بسرعة كبيرة.

ماذا لو أنّه قتلها ؟

الباي حسين:

حسنا يا سفيان، كف عن قول مثل هذه الأمور،

(وهو غاضب بشدة) ألا تفهم لقد أخبرتك سابقا بأن العذرا موجودة وحية وهي تنتظرني وهي حبيبتي ، ما الذي لم تفهمه من كلامي؟

أذهب إلى بيتك ودعني لوحدي، وأغلق الباب وراءك لأنني لن استقبل أحدا، فأنا لم أنم ليلة البارحة أظن أنني سأخلد للنوم قليلا.

سفيان:

حسنا كما تأمر سيّدي وأنا آسف على ما قلت إنها مجرد أفكار، ومجرد احتمال وأنت وعدتني بأنك لن تغضب.

الباي حسين:

أنا لست غاضبا.

وبينما سفيان مغادر ندهه الباي وقال له:

أيقظني يا سفيان بعد الظهر لنني قد استغرق في النوم ولا أصحو لوحدي.

سفيان:

حسنا يا سيّدي، أتركك في أمان الله.

خرج سفيان من البيت، وأغلق الباب وراءه، كما طلب منه الباي بالفعل، أما الباي فقد كان يرفض أي احتمال قد يجعل مسافة بينه وبين حبيبته العذراء، ويرفض أية قوة قد تفرق بينهما.

كان الباي متكئ في ساحة البيت فقرر النوم هناك، وعندما وضع ذراعه على عينيه لكي يحجب الضوء عن عينيه لكي يتمكن من النوم، لاحظ أمرا ما وكان خيالا مرّ أمامه فرفع ذراعه ونادى وقال:

سفيان، سفيان.. هل هذا أنت؟ هل من أحد هناك؟

لم يجبه أحد لذا اعتقد بأنه تهيأ له الأمر، فعاد ووضع ذراعه على رأسه، ولم يكد يغفو حتى سمع خلخال حبيبته، هذه المرة سمع الخلخال وتمكن من رؤية رجلي حبيبته التي ظهرت له تحت ذراعه، نعم لقد كانت هي من مرّت أمامه، رفع ذراعه مرّة أخرى فرأى العذرا في ساحة البيت تحمل سلة من الثياب المغسولة وتصعد الدرج إلى السطح لكي تقوم بنشر الغسيل.

فاستيقظ الباي ونادى عليها، وقال: العذرا انتظري يا العذرا.

التفت إليه أوّل ما نادى عليها، وابتسمت ثم التفت مرة أخرى وأكملت طريقها صعودا إلى السطح، وقد كان الدرج مكشوف على ساحة البيت، ويمكنك رؤية الشخص الذي يصعد أو ينزل.

قام الباي من مكانه وأسرع باتجاه العذرا، لكي يمسك بها قبل أن تهرب كعادتها، أو تختفي.

أسرع الباي لدرجة أنه لم يستطع حتى أن يلبس خفا في رجليه، وصعد السلم في لمح البصر، ولكنه حين وصل إلى السطح، وجد الغسيل منشور على الحبال، وكان هناك

الكثير من اللحافات، والأغطية البيضاء، وبعض الفولارات التي تتميز بالخيوط الحريرية المسدولة منها، مرّ الباي بين الفولارات والمحارم المبللة التي كانت خيوطها تضرب وجهه وتبلله بالماء المتقاطر.

وكان متجها نحو رجلي العذرا لأنه كان يميل رأسه فيراها وراء اللحافات ، وحين يصل لا يجد شيئا، وهكذا كان يبحث ولكن بدون جدوى، كان يرى رجليها ويديها أحيانا تمرّ على اللحافات ورنّة خلخالها تعزف أجمل الألحان في أذنيه، وعندما يصل إلى المكان النابع منه الصوت لا يجد شيئا.

وهكذا حتى فتّش وراء كل اللحافات وفجأة سمع الخلخال فالتفت إلى الوراء، فوجد العذرا تنظر إليه وتبتسم، وتنزل من الدرج فعاد ورجع لكي يتبعها، وقد رآها وهي تنزل وتحمل في يدها سلة الغسيل.

حين نزل كانت لا تزال تمشي أمامه، دخلت المطبخ وحين لحق بها خرجت في وجهه، وقبل أن يدخل عليها، كانت العذرا تحمل سينية بها شاي، وذهبت إلى المكان الذي يجلس به الباي قبل أن يحاول النوم، فوضعت

الطاولة ثم وضعت عليها السينية، وجلست تلك الفاتنة تصبّ الشاي على النعناع الأخضر.

كانت العذرا تجلس وتضم رجليها، تلبس سروال مدور باللون الوردي وبلوزة حريرية وردية فاقعة اللون، كانت تفرد شعرها الأصفر الحريري على ظهرها فيغطيه، ولكنها تضع منديلا صغيرة مليئا بالورد على رأسها.

أخذت العذرا العود في حضنها، وراحت تحاول تصليحه، يبدو أنه كان يعاني من عطب ما، نظرت إلى الباي ثم سألته هل أضع لك الشاي؟

كان الباي جامدا في مكانه بلا حراك، ولم يستطع حتى أن يجيبها، ثم تقدّم باتجاهها وليس بجانبها، ولكنها لم ترفع نظرها إليه، لقد كانت منهمكة في العود الذي بين يدها، والباي كان جالس بهدوء يتأمل جمالها، ويتجول بالنظر من أخمص قديمها إلى شعرها، ووجهها البري براءة الأطفال، والمنير كشمس الصباح المضيئة واللطيفة.

فجأة سمع الاثنان وكان أحدا يفتح الباب ويدخل، فوضعت العذرا العود من يدها، وملأ وجهها الرعب وخافت كثيرا، وانطلقت بأقصى سرعتها إلى غرفتها، وإذا بالشيخ حَسّان

يدخل البيت وهو يصرخ، فلم يفهم الباي ما يحدث، وكيف للشيخ حسّان أن ياتي، وقد مات قبل أيام.

كان الشيخ حسّان وكأنه لا يرى الباي، ويتصرف على هذا الأساس، بعد ذلك دخل الشيخ حسّان إلى إحدى الغرف وأخذ سوطا في يده، وخرج إلى ساحة البيت، ثم سمع الباي صوت صراخ العذرا وبكاء ونحيب وصراخ متكرر، مع ضربات سوط مدوية، وكأنها رعد يضرب السماء .

قام الباي من مكانه وهو غاضب، وتوجه إلى الشيخ حَسّان وكأنه ينوي القضاء عليه، ولكنه حين وصل إليه تقريبا ولم يفصلهما إلا ثلاثة أقدام، التفت الشيخ حسّان إلى يساره وقد سمع الاثنان صوت خلخال العذرا، وكأنها تدخل غرفتها، خاف عليها الباي لأن الشر كان يبدو في عيون الشيخ، فقرر أن يسبقه إليها لكي يهدئها أو لكي يحميها منه.

ترك الباي الشيخ وتوجه إلى غرفة العذرا، فوجدها تجري باتجاه الغرفة الداخلية، وفتحت الستار الذي يفصل الغرفتين، فلحق بها، فإذا بالغرفة خالية، ولكن العذرا

كانت قد سبقته بلحظة واحدة، وقد دخلت وراء تلك اللوحة القماشية المعلقة على الحائط، ولكن اللوحة لم تكن معتدلة فطرفها السفلي الأيسر كان عالقا أو منثني إلى الداخل.

كان الباي يريد اللحاق بها، لكنه سمع طرقا على الباب من جديد، وبدلا من أن يلحق بها التفت وراءه، وتأكد من أن الطرق على الباب الخارجي للبيت.

في تلك اللحظة اشتد الطرق فقرر أن يرى من بالباب وإذا به يستيقظ من نومه وكان الباب يطرق فعلا، فقام مفزوعا، وتوجه الى الباب لكي يرى من هناك، وإذا به سفيان.

أدخله وأخبره بأنه أيقظه من نومه، وبشكل أفزعه فالطرق كان قويا، لكن سفيان أخبره بأنه كان قلقا عليه لأنه دقّ الباب لحوالي العشرة دقائق، وخاف عندما لم يسمع جوابا.

دخل الباي، وطلب من سفيان أن يغلق الباب وراءه، وعندما دخل توجه إلى حوض الغسيل الموجود في ساحة البيت، وغسل وجهه بالماء لكي يفتح عينيه جيدا.

كان سفيان قد أحضر معه طعام الغداء، فجلس في نفس المكان الذي كانت تجلس فيه العذرا، ووضع الطاولة ووضع الطعام فوقها، فكان يتصرف بنفس الطريقة التي كانت تتصرف بها العذرا، قبل قليل في حلم الباي، وهذا ما جعله بعد أن هدأ من صوت الطرق الذي جعل قلبه ينبض بسرعة، وقد أيقضه من النوم بشكل أفزعه، وبعد أن التفت إلى سفيان ورأى كيف يتصرف، تذكر كل ما رآه في حلمه.

فصرخ بأعلى صوته وقال تعالى يا سفيان، الحق بي أظن أنني اكتشفت أمرا ما.

سأله سفيان:

ماذا؟ ماذا هناك؟

الباي حسين:

الحق بي ولا تسأل.

دخل الباي وسفيان يلحق به إلى غرفة العذرا، فكان سفيان لا يزال يسأل ويستفسر ويقول:

عما نبحث هنا؟

الباي حسين:

هذه غرفة العذرا، وقد رأيت شيئا في الحلم

سفيان:

ماذا؟ ما الذي رأيته؟

الباي حسين:

أظن أن العذرا هنا.

سفيان:

لا أظن أن أحدا قد دخل هذه الغرفة، منذ مدة من الزمن، وقد أطلق هذه الملاحظة بناء على الغبار الموجود في بعض أنحاء الغرفة، التي تبدو مهجورة فعلا.

الباي حسين:

تعال والحق بي

ودخل الغرفة الثانية، ثم راح يتأمل اللوحة على الحائط

أما سفيان فقد كان ينظر هنا وهناك، وأعجب اللوحة الأخرى، التي بها سيدة تعزف على العود، كما نظر من النافذة إلى ساحة البيت.

حتى سمع الباي يناديه ويقوله له:

أنظر يا سفيان أليس هذا أمر غريب.

اللوحة مطوية إلى الداخل، ونزل إلى أسفل اللوحة وحاول أن يجذبها، لكنها كانت عالقة في مكان ما في الجدار، وقال:

انظر يا سفيان اللوحة عالقة، هناك شيء ما وراءها.

في تلك اللحظ غضب الباي، وقام من مكان وقد اعتراه الغضب، وأخذ اللوحة من الجهة اليمنى، وجذبها بكل قوته، فتقطعت من المكان الذي كانت معلقة به، وسقطت على الأرض وهي كلها غبار، ولكنها بقيت عالقة من الجانب الأسفل قريبا من ركنها الأيسر.

ولكن الأغرب تم اكتشافه بعد أن سقطت اللوحة أو التي كانت أقرب للستارة المرسومة، لقد كان وراءها حائط ولكن في أسفل الحائط كان جزء من اللوحة داخل الحائط،

وحين جذبه الباي بكل قوته وهو غاضب جدا، أزيحت إحدى البلاطات التي كان قد سحبت معها جزء من اللوحة إلى الداخل.

يبدو أن أحدا أدخل البلاطة التي تكن ملتصقة في الحائط بل تم وضعها يدويا، كان هناك وراء البلاط باب حديدي صغير، لقد كان يشبه الشباك الحديدي، يمكن فتحه وإغلاقه ولكنه مغلق بقفل حديدي، كان الشباك الذي في الأرض ارتفاعه حوالي 25سم طوله 50سم.

حين تأمله الباي عرف بان هناك أمر ما.

فقام من مكانه وراح يتأمل الحائط فوجد بأن هناك نوافذ صغيرة، في الأعلى كانت تخفيها الستارة، وتلك النوافذ لا يصلها أحد، فطلب من سفيان أن يأتيه بكرسي لكي يصعد إلى هناك، فأعطاه الكرسي الذي كان تحت النافذة، لكنه لم يستطع الوصول إليها كانت النوافذ مفتوحة، ولكنها كانت عميقة جدا يبدو أن عمقها حوالي 75 سم.

فأمر الباي سفيان بأن يأتيه بالحرس الذين كان يأمرهم بالبقاء غير بعيد من مكان تواجده، فسأله سفيان أين أجدهم بالضبط، فأجابه وهو غاضب لا يريد أي نقاش:

اذهب يا سفيان سوف تجدهم في أي مكان، في الشارع في المقهى أو بقرب المسجد.

أذكر اسم الباي وسوف تجدهم يحيطون بك إذا عجزت عن البحث.

وصرخ قائلا:

هيا أخرج يا سفيان.

ذهب سفيان بينما بقي الباي ينظر هنا وهناك، حاول البحث عن مفتاح القفل ولم يجده، كان يبتعد عن الحائط، ويضع يده على رأسه، ثم يقترب ويجثو على ركبتيه، ويحاول أن يرى أي شيء، وكان ينادي ويقول العذرا هل أنت هنا؟

العذرا أجيبيني رجاء.

لقد كان يأمل بأن تكون هنا، كما أنه متأكد من أنه سوف يكتشف أمرا ما، مهما كان مهم أو غير مهم ولكنه أمر خطير ومخفي.

ما هي إلا لحظات، حتى دخل عدد كبير من العساكر والحرس إلى بيت المتوفي الشيخ حَسّان، فأمرهم الباي بأن يقوموا بهدم الحائط لكي يرى ما يوجد وراءه.

اجتمع الناس خارجا، وقد أثار فضولهم دخول العساكر إلى البيت، لكن سفيان أمرهم بالتفرق، وأغلق الباب، وبقي الحراس خارج الباب، وداخل البيت بأمر من الباي حسين.

طلب منهم الباي أن يقوموا بهدم جزء صغير، لكي يمكنهم من الدخول، ورؤية ما ذا يوجد في الغرفة، ولكنه خاف أن يكون هناك شخص، أو شيء فيتأذى في حالة ما إذا تم هدم الحائط بأكمله، لذا طلب منهم الحذر.

أحضر بعض الحرس مشعلا وشموعا لكي يتمكنوا من رؤية ماذا هناك؟

كان حارسان يحطمان الحائط، وحارسان آخران يحملان الطوب، والحجارة لكي يبعدوها عن الطريق، وآخر يحاول الحفر.

بعد قليل أصبحت هناك حفرة في الجدار، بالكاد تتسع لشخص فقرر الباي العبور عبرها، لأنه لم يكن يستطيع التحكم في أعصابه، لكن سفيان كان يحاول تهدئته، فطلب الحراس من الباي أن يعبروا قبله لكي تمكنوا من استكشاف المكان.

جلس الباي على الكرسي ولم يكن يستطيع الجلوس، فكان يجلس، ويقوم، ويسأل الحارس الذي عبر من الحفرة التي في الحائط:

ماذا هناك؟

كان يقف أمام الحفرة التي تطل على غرفة مظلمة.

ماذا وجدت؟

ماذا هناك؟ هيا أجبني.

رد الحارس:

مولاي إنها غرفة كبيرة، وهناك ضوء خافت من السطح، كانت هناك نافذة سدادة في السطح تمكن الضوء من

الدخول، لكنها يبدو أنها مغطاة لأن الضوء لا يغطي مساحة كبيرة.

الباي حسين:

وماذا أيضاً؟

هل من أحد هناك؟

الحارس (نظر الحارس هنا وهناك يبحث في كل الغرفة المظلمة ثم صرخ) وقال:

أجل يا مولاي هنا أحد ما، هنا شخص ممدد على الأرض.

واقترب من الشخص ثم قال: مولاي إنها امرأة أو جثة امرأة، أنها امرأة ميتة.

صرخ الباي في الحراس وقال:

أحضروا الطبيب بسرعة.

ثم دخل الباي إلى تلك الغرفة لكي يرى المرأة، وعاملها برفق، وحمل رأسها لكي يتأكد من أنها حية، فكانت تتنفس، أنها حية ولكن نبضها بطيء.

حمل الباي تلك الفتاة وأزاحها بعيدا عن الحائط، جلس بعيدا ووضع رأس الفتاة في حضنه، وكان يضع يده على رأسها ويمررها على شعرها، قام بنزع برنسه ووضعه على العذرا يغطيها، ثم طلب من الحراس أن يقوموا بتحطيم الجدار كليا، وما إن هدموا جزء من الجدار حتى أعلن الحراس عن وصول الطبيب.

كان الباي يمسح بيده على رأس الفتاة ويطمئنها ويقول لها:

لا تقلقي أنت بخير، لا تقلقي يا حبيبتي أنا هنا.

أمر الباي الطبيب بالدخول سريعا.

فحص الطبيب الفتاة، وأخبر الباي أن حالتها سيئة، تعاني من الجفاف، وتعاني من نقض الغذاء والماء، ورؤية الضوء أظن أنها كانت محبوسة لفترة طويلة، لذا يجب توفير العناية لها وعدم تعريضها للضوء بشكل كبير.

أخبر الطبيب الباي بأن الفتاة تحتاج رعاية من نوع خاص.

فأمر الباي الحراس بأن يحضروا الجواري والخدم من أجل نقل العذرا إلى القصر بعد أن اخبره الطبيب بأنه يمكنهم نقلها.

لم يكن سفيان يصدق ما تراه عيناه، فاقترب من الباي وسأله وقال: هل تظن بأنها هي العذرا

الباي حسين:

ألا ترى يا سفيان؟ لقد أخبرتك بأن حبيبتي العذرا حية وإنها قريبة من هنا، ها هي الآن أمام عينك

سفيان:

ولكن هل هذه هي العذرا ذاتها؟

الباي حسين: (والدموع تنهمر من عينيه دون أن يستطيع أن يتحكم بها)

نعم إنها هي العذرا حبيبتي.

كانت الفتاة بحالة سيئة ولكنها تشبه إلى حد ما كل أحلام الباي حسين بها، الشعر الأصفر والخلخال في رجليها، والإسوارة في يدها.

حملت الجواري العذرا إلى قصر الباي، وتم إعلان عن عودة العذرا التي غابت بالأحرى اختفت لمدة عشرين عاما.

أخذ الباي العذرا إلى قصره ووفر لها كل الرعاية ووضع في خدمها أفض الجواري، والخادمات في القصر، ووضع الطبيب في خدمتها ليلا نهارا، وكان كل يوم يذهب إلى جناحها ويجلس بقربها، يحكي لها عما حدث وكيف أحبها.

كما أنه كان أحيانا يعزف لها على العود، فقد تعلم العزف لأجلها.

كان الباي يجلس في جناح العذرا وهي في سريرها لأنها لم تغادر السرير لمدة أيام وأسابيع، بعد أن أفاقت من الغيبوبة التي دخلت فيها، وكان قد تم وضع ستار شفافة للسرير لكي لا يحرجها بالنظر إليها، فهي كانت في حالة سيئة جدا.

أحبت العذرا الباي لأن قلبها دقّ له، وأحبته لأنها وجدته أمامها يحبها ويغدق عليها بالحب، أحبته لاهتمامه بها ولإنقاذ حياتها ولحبه لها، لقد أحبت العذرا الباي حسين

لعدة أمور ولعدة أسباب، فكل ما حولها والظروف المحيطة لم تكن تجعل إلا الحب ينمو في قلبها له.

بعد شهرين من العلاج المتواصل، أصبح بإمكان العذرا
أن تقوم من السرير وان تقوم على رجليها، وأصبح
بإمكانها الكلام، والنظر وكل تلك الأمور التي سرقتها
منها الغرفة المظلمة التي حبسها فيها زوج والدتها، لكي
لا تهرب منه تلك الصبية الفاتنة والفتاة الجميلة التي
كبرت أمام عينيه، وحين توفيت أمها اختفت كل صلات
الربط بها، فكان يعلم بأنه سوف يخسر تلك التي سلبته لبه
بخلخالها بعد وفاة والدتها.

يبدو أن الشيخ حَسّان قد يشعر بمشاعر حب محرّمة
وخاف أن تغادر تلك الفاتنة بيته، ويبقى وحيدا فقرر

سجنها وأن تبقى ملكه وحده إلى الأبد، حتى توفي وتركها بلا ماء ولا طعام، فقد قام بإقامة جدار عليها داخل غرفتها، وترك لها بعض النوافذ للتهوئة، كما ترك شباكا صغيرا في أسفل الجدار لكي يدخل لها الطعام منه.

كان الشيخ حسّان يجلس في غرفة العذرا على ذلك الكرسي ويزيح اللوحة عن الحائط ويكلمها لساعات وساعات، وهي سجينة لا حول لها ولا قوة، بكت حتى جفت الدموع، وصرخت حتى بح صوتها، ولم ينقذها أحد، إلى أن جاء الباي حسين وأحبها وأنقذها بحبه لها.

كانت سنوات السجن طويلة، وأيامها صعبة، ولياليها باردة جافة مظلمة، كما الأيام مظلمة بالظلم والسجن، ولكن كل تلك التعاسة تمسحها كلمة حب من شفاه الباي الذي ينطق بما في قلبه للعذرا حبيبته، وعروسه التي قرر إقامة زفافهما في شارع القصبة، لكي يتم زقّها من بيت والدتها الذي كانت سجينة فيه.

ولكي يشهد حريتها وعرسها كل جيرانها الذين لطالما أحبوا الفتاة الفاتنة، كاملة الجمال، وباهية الزين التي كانت تمشي صعودا ونزولا على سلالم الشارع الذي على

طرفيه أبواب البيوت، منها بيت الشيخ عبد المالك على اليسار، وبيت والدتها.

زُفّت العذرا إلى قصر الباي حسين الذي كان يعيش مع الناس هناك في شارع القصبة، وكأنه من عامة الشعب يأكل معهم، وينام معهم، متخفيا يبحث عن حبيبته العذرا حتى وجدها.

تزوج الباي حبيبته العذرا، وعاشا في سعادة، وقد أنجبت له طفلان جميلان يشبهان والدهما، يشبهانه في الملامح والطيبة، والحكمة، والحب، لقد كان يمتلكان قلبان مثل قلب والدهما الباي حسين، وعاشت العذرا في قصر الباي كما في قلبه وحظيت بقلبه وحبه.

يا قلبي كيف أنت متيّم

كيف أنت في الحب متيّم

تعلقتَ بحبال الهوى

فتلك الريم قد أسرتك في الهوى

أحببتَ غزالا من خلخاله

فقد دقّ قلبك مع رنة خلخاله

لا تدري من كانت هي ولا

تدري أين تقطن هي في قلبك ها هنا

رمتك بخيالها الظريف في الحب

فكنت أسير الغرام سجينا في الحب لها

www.ingramcontent.com/pod-product-compliance
Lightning Source LLC
Chambersburg PA
CBHW031434150726

47989CB00002B/937